天下文化

BELIEVE IN READING

讀一遍就記得的唐詩課

高盛元——著

專文推薦

愛情配對失敗，唐詩配對成功

許榮哲（華語首席故事教練）

對我而言，詩之所以難忘，常常是因為它跟人們的生命故事，配對成功。就像藍芽耳機一樣，一旦配對成功，美好的旋律就會自動開始繚繞起來。

《讀一遍就記得的唐詩課》第五講「愛與被愛的」，提到「分別有三種狀態」，並舉了幾首詩為例。我太喜歡這幾首詩了，所以我要用自己的故事，來跟它們配對，好讓自己永生難忘。

分別一：別時容易見時難（李煜《浪淘沙令》）

最常見的分別就是畢業，同學各奔前程，有時甚至連一聲再見也沒有。本以為很快就會再見到面，然而大部分同學，一輩子再也沒見過。

就像我小學時暗戀的女同學。

小學畢業時，我告訴自己，等日後功成名就了，我就有底氣跟女孩告白。

二十五歲那年，我奪得小說大獎，終於有勇氣打電話給暗戀的女孩。電話那頭是女孩的母親，她淡淡地回我：女兒已經嫁到遠方去了。

唉，這不就是「當時輕別意中人，山長水遠知何處。」（晏殊《踏莎行．碧海無波》）

分別二：相見時難別亦難（李商隱《無題》）

婚前，我跟未婚妻到某知名金飾店，訂做婚戒。在等待的過程中，我聽到隔壁房間傳來熟悉的聲音，沒想到以前苦戀過的女孩就在隔壁，她也和未婚夫來訂做婚戒。

沒有修成愛情正果的我們，男婚女嫁之後，再見的機率微乎其微，沒想到意外在這個打造愛情形狀的場所見面了。

我不自覺的回憶起苦戀時光，一瞬間，現實的一切全都暗了下來，只剩下我和苦戀女孩的臉龐亮著。

交錯剪接之後，畫面變成了：我和苦戀女孩正在訂做愛情戒指，那個畫面簡直就是……五月天的愛情MV了。

苦戀女孩離開前，我故意扯開喉嚨大喊：「它／他不適合你！」

苦戀女孩回頭，我們對上眼了。

我露出苦笑，女孩則露出一個難以置信的表情。

至今，我仍活在那個打造愛情的房間裡，無法離開。相見時難，別亦難。

分別三：人間別久不成悲（姜夔《鷓鴣天》）

請原諒我，不能告訴你第三個故事，因為那是一個關於紅斑性狼瘡女孩，一個關於「生死兩茫茫，不思量，自難忘」（蘇軾《江城子》）的故事。

《讀一遍就記得的唐詩課》作者說，讀一首詩，可以從繁雜的世界中，暫時脫離出來，得到一兩分鐘的自由。

但我不知足，每讀一首好詩，我就想為它拍一支MV，讓它成為我的生命之詩，然後在每個人生不值得活的感觸裡，突然無預警的，一次又一次地被激活。因為詩，所有曾經活過的美好，都可以再度繚繞起來。

——完

作者序

通常我是不會讀序的

1

二〇二一年的秋天，我在深圳中學開了一門新的選修課——唐詩導讀。這之前，我還開過另外兩門課。一門是汪曾祺作品導讀，一門是《紅樓夢》導讀。

每次到了週四下午，我上課的教室都擠滿了人。經常有同學搶不到座位，於是就去搬隔壁教室的椅子。椅子被搬完了，有的同學乾脆就席地而坐。

為了改善這個情況，我在上唐詩導讀之前找到了一位選課的同學，請他幫我在課堂上錄影。這樣大家就可以去看視頻了，教室裡的氧氣含量就會充足一些。

於是就有了b站上的視頻版唐詩導讀。

2

視頻傳到b站以後，一開始還沒什麼人看，但是大概過了一個多月，點擊量愈來愈高，其中一個講邊塞詩的視頻很快到了一百萬。關注我的人也愈來愈多。

那一陣，幾乎每天都會有一萬多人來關注我。

這讓我感到很不安。

我知道我講課還不錯，但是沒想過會成為一個「網紅」。

這給我上課帶來了一些壓力。

但是看到網上的彈幕和評論區的留言，我也受到了很大鼓勵。我忽然發現在今天這樣一個快節奏的時代裡，還是有很多人願意拿出一點時間給詩，給文學。

文學並沒有死去。

3

這門課最初有一個完整的設計，我希望盡可能給上這門課的同學搭建一個比較完善的知識體系。

考慮到是選修課，再加上高中生的課業負擔比較重，我選的都是一些大家熟悉的詩。

但在解讀的過程中，我想盡量提供一些不同的角度，打開一首詩豐富的情感世界，釋放出更多可能性。

每次上課之前，我都會認認真真地寫好詳細的提綱。

這本書，就是從這門課脫胎而來，是根據課堂的錄音稿改寫而成的。

原本想偷懶，想著在轉寫好的錄音稿上稍做修改就可以了。但是改著改著，發現自己幾乎是重寫了一遍。不僅是訂正了課堂上的一些錯誤，對一些詩的解讀也稍微深入了一些。

我把原本的十五堂課調整刪減成了十二講，每一講的內容大概是這樣的：《當時與此刻》談的是人生中物是人非的體驗，以及這種無常感對於詩歌寫作的推動。《繁華與荒蕪》從個人的物是人非談到歷史的滄海桑田，並且總結了懷古詩寫作的一般模式。《沙場與閨房》談的是戰爭，講到了邊塞詩和閨怨詩。《等待與歎息》從閨怨詩談到了宮怨詩。《愛與被愛的》談的是唐詩中的愛情，《離別與重逢》是友情，《旅途與故鄉》是一個人在路上的孤獨以及對故鄉的書寫。

從第八講開始，就不再以題材和詩人的情感類型為中心，而是轉向詩意產生的時刻，轉向一些自然要素對詩歌寫作的推動。《黃昏與月光》是把一天作為考察的範圍，《落花與秋風》談論的是一年中的兩個季節，《夜雨與風雪》分析的則是雨雪落下的時候。

最後兩講帶有一些總結的性質。《叩問與迴響》談的是自然之於詩人的意義，核心在於「美」。《孤獨與永恆》只分析了《春江花月夜》一首詩，落腳點是「愛」。

美和愛，我認為這是我們人生中最重要的兩樣東西。

4

我在備課的過程中，參考了很多古人的觀點。但是考慮到對象是高中生，所以在課堂上就沒有做過多的引用。但在寫作這本書的時候，我把前人的一些精采論述都加入了進去。

中國古代的詩文評十分豐富，常常是三言兩語就能切中要害。比起我們今天動不動就千字、萬字的文本解讀實在是高明不少。

我不是研究唐詩的專家，也不是古代文學科班出身，其實只能算是一個普通的文學愛好者，因此也談不出什麼高深的見解。這本書裡屬於我自己的觀點大概並不多，我把我備課過程中參考過的書目都列在了最後的「參考文獻」裡。

除此之外，我還要對b站表示感謝。我在b站上聽了很多老師的課程，比如葉嘉瑩、駱玉明、戴建業、歐麗娟，等等。這些老師的課程都對我理解詩歌、講解詩歌提供了重要的啟發。我要對他們說聲「謝謝」。

5

這是我人生中出版的第一本書。

我上一年級的時候，學校發了一本嶄新的筆記本。我拿著這本筆記本回家，鄭重其事地對我爸和我媽宣布，我要寫一本書了！

我在本子第一頁的第一行，認認真真寫下了四個大字：我的童年。

但我不知道如何繼續寫下去了。一來我掌握的漢字有限，二來我的童年實在乏善可陳。我每天不是在幼稚園裡吃喝拉撒，就是和小朋友們玩耍或者打架。這有什麼好寫的呢？

那本書之後就再沒了下文。

以後的很多年裡，我都一直懷著寫一本書的夢想。

大學讀了中文系，我寫了很多小說和文章。研究生讀了創意寫作，我又寫了很多小說和文章。

我一直以為自己人生中的第一本書應該會是一本小說集或者散文集。但是在我二十六歲這年，我要正式出版人生中的第一本書了，它既不是小說，也不是散文，而是一本解讀唐詩的書。

真是造化弄人。

6

作為一個讀書不算少的讀者，我不喜歡寫得很厚的書。我的這本書並不算厚，我感到很滿意。

另外，通常我是不會讀作者寫的序的。

目錄

專文推薦／愛情配對失敗，唐詩配對成功　許榮哲　003

作者序／通常我是不會讀序的　007

第一講——當時與此刻　023

詩把生活釀成酒

未完成的愛

在追憶中重逢

情感的失重

缺席的他者

四分之一個世紀的長度

昨日之我與今日之我

因為「無端」，所以「惘然」

第二講——繁華與荒蕪　061
夕陽是時間的顏色
燕子去了又來
草木有情或者無情
舊時月，照著秦淮河
有煙火處有人家

第三講——沙場與閨房　085
明月何時照我還
春風吹不到的地方
忽然被擊中
君莫笑，君也莫流淚
戰爭與「她們」有關

第四講——等待與歎息 109

三個女人的故事
壓在心底的「怨」
透明的夜晚
流螢與星光
生活無聊而無望
棄婦與逐臣：性別的置換

第五講——愛與被愛的 137

相逢在水上
不能說的祕密
冷漠面具
誓言不堪一擊
死亡的濾鏡

第六講——離別與重逢 169
重複的聲音
已覺是兩鄉，何曾是兩鄉
預先支取的思念
望到望不見為止
延緩的分別
這個世界下雨了
離刻時光
在夢和現實交界的地方
你好，再見

第七講——旅途與故鄉 211
也許是個錯誤

充滿未知的旅途
他們也在想我吧
被推進春天的人
與平凡和解
那一晚的鐘聲
刻在DNA上的鄉愁
還有幾句未完的話
熬成故鄉的他鄉
客，從何處來

第八講——黃昏與月光

牛和羊已經回家了
青春融化在夕陽裡
時間不會等你

在消失前駐足
月光是一座橋

第九講——落花與秋風 273
二手寫作
悲傷的迷宮
美與缺憾並存
平庸的惆悵
兩個杜甫
遠方與我有關

第十講——夜雨與風雪 297
想像一個溫暖的夜晚

回不去的夢
在人間投宿
一張便條
可以隨時停止的寫作
雪落滿漁船

第十一講——叩問與迴響 319

徒勞無功的尋訪
天誠實地藍著
光落在青苔上
生命是一場空嗎
兩個打魚的故事
自然的回答

第十二講——孤獨與永恆 339
江水流向大海
如果孤獨是必然
我願意化作月光
春天要結束了
一個人的獨角戲
愛是永不止息

參考文獻 361

第一講
當時與此刻

這本書和唐詩有關。

我想詩是語言的藝術。讀詩，其實就是在詞語的空隙之間行走。我沒有什麼特殊的方法，只能和大家盡可能在詞語那裡多停頓一些時間。

我選的都是大家熟悉的詩。但我想多停頓的那幾分鐘、幾秒鐘也許會磨礪我們對語言的敏感，會讓我們發現一些不同的東西。

我們今天使用語言的方式比較粗糙，讀詩也許會淨化我們自己的語言系統吧。

另外，讀唐詩，認識李白、理解杜甫當然重要，但閱讀始終是和我們自己有關的事，更重要的可能是我們在詩裡讀到了怎樣的自己。

唐代看起來離我們很遠，但人性中總有共通的東西。時間並沒有讓那些基本的人類情感發生多大變化。

如果可以的話，我希望這些詩可以成為我們的安慰，在人生這場孤獨旅途中的安慰。

一詩把生活釀成酒一

我們先從一首簡單的詩看起，崔護的《題都城南莊》：

去年今日此門中，人面桃花相映紅。
人面只今何處去，桃花依舊笑春風。

如果翻譯一下的話，就是這樣：我去年的今天來到這個地方，一位姑娘站在那裡。她旁邊盛開著桃花，她和桃花一樣漂亮。等到我今年再來，桃花還是那樣的桃花，它仍然盛開在春風裡，但是從前的那個姑娘已經不知道去哪裡了。

把這首詩放在第一首，其實是希望通過它，來談論一些讀詩的話題。

讀詩不是把詩歌翻譯成散文。我把這首詩翻譯完了，但這對於我們理解這首詩其實沒什麼幫助。

清代的吳喬在《圍爐詩話》中說：

……意喻之米，飯與酒所同出。文喻之炊而為飯，詩喻之釀而為酒。文之措詞必副乎意，猶飯之不變米形，啖之則飽也。詩之措辭不必副乎意，猶酒之變盡米形，飲之則醉也。

吳喬的這個比喻很精采。詩人的「意」就像是米一樣。這個「意」是詩人創作的基礎，是創作的原材料。文章是什麼呢？文章是把米變成了飯。詩歌是什麼呢？是把米變成了酒。

米變成飯，蒸熟就可以了，簡單加工，形態不發生變化。但是米釀成酒，程序很複雜，最後形態完全不一樣了。按照吳喬的說法，讀文章，只能「飽」。但是讀詩像喝酒，會「醉」。我們現在如果把詩翻譯成散文，相當於把酒變成了飯。

按照通常的做法，好像還要看一看這首詩的背景。

唐代孟棨的《本事詩》中記載了和這首詩有關的故事，故事是這樣的：崔護到長安參加科舉考試，但是沒有中。清明這天，他自己去城南郊外散心。

他路過一戶人家。周圍花草很茂盛，好像沒有人住。他去叩門，過了很長時間，有個姑娘從門縫裡往外看，問是誰。崔護報上姓名，說自己口渴了，討杯水喝。姑娘進去，拿了水出來，自己倚在桃樹邊站著。這個姑娘長得很漂亮。崔護一邊喝水，一邊和她搭訕，但是這個姑娘不講話。崔護就這樣看著她。

崔護喝完水要走了。走的時候，姑娘把他送到門口。兩個人大概彼此都有一點意思，但是都沒有說什麼。

這之後，崔護一年沒有來過。

第二年清明，崔護想起那個姑娘，情不自抑，就去找她。結果發現這戶人家的大門鎖上了。崔護很感慨，就在門上寫了這首詩。

過了幾天，他碰巧來到城南，於是又去尋訪這戶人家。他聽到這戶人家裡面有哭聲，就叩門去問是怎麼回事。

裡面走出來一個老人，老人說，你是不是那個叫崔護的人？崔護說我是。老人說，就是你把我女兒害死了。崔護感覺很奇怪，說怎麼是我把你女兒害死了呢？老人說，自從去年以來，我女兒每天恍恍惚惚若有所失。前兩天我和她出門，回來之後，看見門上題了這麼一首詩，我女兒就病了。她好幾天不吃飯，現在已經去世了。老人說完就抱著崔護大哭。

崔護聽完，很感動，也很難過。他到屋裡面弔唁。姑娘還沒有被裝殮，就在床上。崔護過去，一邊哭，一邊說，我在這裡呀，我在這裡呀。一會兒工夫，姑娘睜開了眼。又過了半天的時間，竟然完全活過來了。

老人特別高興，他於是就把女兒嫁給了崔護。最後皆大歡喜。

雖然這是一段唐代人記載的故事，但是我還是覺得不可信。好像這個故事就是為這首詩而編的。

很多時候，所謂的背景也不能幫我們理解一首詩。

我不是說背景不重要，我只是說背景不是我們理解詩歌的必經之路。

一來很多背景是後人編造的，沒什麼依據，想當然耳。二來很多背景過於宏大，不能精準地與詩歌產生的「那一刻」對應起來。詩歌往往產生於瞬間，是很多種情緒混合的結果。有時候依照一個寬泛、宏大的背景來闡釋，反而很牽強。

我們讀完了孟棨記載的這個故事，結果呢？結果這個故事把我們原本單純讀這首詩會有的感覺完全破壞掉了。

它是怎麼破壞的呢？

第一，這個故事把這首詩寫作的過程交代得清清楚楚。時間，地點，人物，非常準確，實際上是把這首詩固定在這個情境裡了。本來應該由想像來填補的部分，這個故事全部坐實了。這樣一來，讀者理解這首詩歌的所有可能性都被封閉了。

第二，這首詩有了一個結局，我們看到了一個團圓的結局，收穫了一個光明的結尾。詩不再成為詩本身，而是成了一段美好姻緣的媒介，成了一段佳話的道具。詩失去了它的獨立性，同時它也變得庸俗了。

古代最喜歡這種大團圓的結局了。但我想詩直面的是人生本身，我們每個人的人生都不是圓滿的，詩也並不需要一個圓滿的結局。

一未完成的愛一

我們拋開散文化的翻譯，拋開背景，重新來讀這首詩。這首詩在講什麼呢？它其實是截取了人生的一個斷面，描述了一次偶然的相遇，展示了人生的一種常態——缺失和遺憾。

我在無意中邂逅了你，我在無意中錯過了你。我以為我們也許有機會重逢，可是當我再來到這個地方，我發現已經再也見不到你了。

我們讀這首詩，會發現裡面有一種朦朧的期待。這種期待在詩裡表現得很隱晦。崔護使用了桃花這個意象。你可以說這是實寫。但如果我們聯繫到中國古典詩歌的文化背景，你會發現桃花是有文化含義的。

《詩經》裡有一首詩叫作《桃夭》。「桃之夭夭，灼灼其華。之子於歸，宜其室家。」這是一首談婚姻的詩。桃花開得這麼茂盛，女子要出嫁了，她會給她嫁入的家庭帶來幸福和喜樂。桃花其實是和婚姻聯繫在一起的。

桃花這個意象也許有崔護的一些無意識，有他對婚姻的期待。

可是這個期待最終是落空的。

崔護寫到了人生最常見的一種悲哀——物是人非。但這也是人生最沉重的情感。物是人非的背後，是人生的無常。人生總是有一種不確定性，我們對很多事情沒有辦法確定地把握。

這個世界上，唯一的不變是變化，唯一的常態是無常，唯一的已知是未知。

可是感受到這種不確定性，恰恰是詩歌發生的時刻。詩意來自於哪裡呢？詩意來自於物是人非，來自於對無常的感慨，來自於遺憾和缺失。

東山魁夷說：「……無論何時，偶遇美景只會有一次……如果櫻花常開，我們的生命常在，那麼兩相邂逅就不會動人情懷了。」（《一片樹葉》）

如果說故地重遊，詩人和從前那個女孩子在桃樹下又一次相遇，可能就沒有這首詩了。

我很喜歡張愛玲的一篇散文，題目是《愛》（收綠於《華麗緣》，皇冠文化出版有限公司）。原文並不長，我把它抄在下面：

這是真的。

有個村莊的小康之家的女孩子，生得美，有許多人來做媒，但都沒有說成。那年她不過十五六歲吧，是春天的晚上，她立在後門口，手扶著桃樹。她記得她穿的是一件月白的衫子。對門的年輕人同她見過面，可是從來沒有打過招呼的，他走了過來。離得不遠，站定了，輕輕的說了一聲：「噢，你也在這裡嗎？」她沒有說什麼，他也沒有再說什麼，站了一會，各自走開了。

就這樣就完了。

後來這女子被親眷拐子賣到他鄉外縣去做妾，又幾次三番地被轉賣，經過無數的驚險的風波，老了的時候她還記得從前那一回事，常常說起，在那春天的晚上，在後門口的桃樹下，那年輕人。

於千萬人之中遇見你所遇見的人，於千萬年之中，時間的無涯的荒野裡，沒有早一步，也沒有晚一步，剛巧趕上了，那也沒有別的話可說，唯有輕輕的問一聲：「噢，你也在這裡嗎？」

愛在很多時刻是一種未完成的狀態。這種未完成，這種遺憾和缺失，可能恰恰是人生本身。這裡面有哀傷，但同時也有美的成分。

—在追憶中重逢—

在中國傳統文學裡，創作其實有很多種動力。其中一個很重要的動力，就是對不朽的期待。

曹丕寫過一篇文章叫作《典論．論文》，裡面論述了他對文章的看法：

蓋文章，經國之大業，不朽之盛事。年壽有時而盡，榮樂止乎其身，二者必至之常期，未若文章之無窮。

他說我是會死的，我的生命是會停止的，我享受到的所有快樂，有一天會隨著我的離去而終結。但是文章是不朽的，文字可以打敗時間。這是一種創作的動力，希望自己不朽，希望自己克服時間。可是我想還有另外一種創作。

《詩大序》裡面講：「情動於中而形於言。」詩人心裡受到觸動，於是就把它寫了下來。這是一種「不得不」的狀態，而不是說他有那種很明確的對於不朽的期待。文學有時候就是一種「不得不」，我心裡面有話要講出來。而這種「情」，這種「不得不」，和快樂基本上是無關的。詩裡面很少有快樂、有喜悅，大多數時候都是哀傷、悵惘、失落。韓愈說：「歡愉之辭難工，而窮苦之言易好也。」（《荊潭唱和詩序》）

往往詩人故地重遊，發現物是人非，產生一種對於無常的感慨，心裡的情緒被觸動，於是把它寫了下來。

而這種寫作的一個基本方式就是——追憶。

追憶，其實是詩人面對這個不確定的世界，去獲得一些確定性的東西。自己至少還可以把握到溫暖的回憶。

我們每個人的人生只有一次，但是通過文字，卻可以把曾經走過的路再走一遍。

「去年今日此門中，人面桃花相映紅。」崔護從回憶開始寫起。他寫的是回憶中的人。在現實中，他們無法再重逢，因此他只能在回憶中與她相遇。當他回憶起她的時候，他們之間是有距離的，而這個距離讓他筆下的女孩子益發美麗。

回憶就像一個濾鏡，它帶有修飾功能。活在崔護回憶中的這個女孩子會永遠美麗下去。她的美超越了時間。

一情感的失重一

我們來看一首和《題都城南莊》類似的詩，獨孤及的《和贈遠》：

憶得去年春風至，中庭桃李映瑣窗。
美人挾瑟對芳樹，玉顏亭亭與花雙。
今年新花如舊時，去年美人不在茲。
借問離居恨深淺，只應獨有庭花知。

去年美人在這裡，今年美人不在了，花還是這樣盛放。他寫的和《題都城南莊》是一回事，但是用了雙倍的字數，顯得很囉唆。同樣的情感在這首律詩裡被稀釋了。

唐詩裡情感濃度最高的體裁是什麼呢？我想是絕句。絕句雖然短小，但是裡面的情感往往能在瞬間發生變化。

絕句一般在第三句的時候發生轉折。楊載在《詩法家數》中說：「……至如宛轉變化工夫，全在第三句，若於此轉變得好，則第四句如順流之舟矣。」也有一些絕句是在第四句的時候轉折。

「去年今日此門中，人面桃花相映紅」，詩人把我們的情緒帶進回憶裡，一個非常美好的畫面。但是第三句開始轉折，讓我們從對美好的期待當中脫離出來。詩人的期待，是桃花現在還在這裡，這個女孩子現在也還在這裡，而他們將會有一段美滿的婚姻，就像孟棨的故事裡講的那樣。但是詩人的情緒在這裡發生了變化，他說「人面只今何處去」，這就形成了落差。

我們坐過山車的時候會有失重的感覺，它在一瞬間把我們升高，又在一瞬間讓我們落下去。而詩歌也是這樣。一首好詩，它裡面會有情感的落差，它會讓讀者產生失重的感覺。絕句往往能在很短的篇幅裡形成這樣的落差，造成讀者情感上的失重。

─缺席的他者─

我們通過《題都城南莊》談論了一些理解詩歌的基本話題。接下來我們就從《題都城南莊》出發，看一些類似的詩歌，看一看詩人們是如何表達物是人非的，看一看能否提煉出一些共通的模式。

我們先來看趙嘏的《江樓舊感》：

獨上江樓思渺然，月光如水水如天。
同來望月人何處？風景依稀似去年。

趙嘏的這首《江樓舊感》和《題都城南莊》的結構很像。區別在於，崔護是從回憶寫起，由過去寫到現在，趙嘏是從現在寫回過去。

趙嘏是晚唐比較有名的詩人。他寫過一首《長安晚秋》，裡面有一句很好，「殘星幾點雁橫塞，長笛一聲人倚樓」。杜牧很欣賞趙嘏的這首詩，於是稱他是「趙倚樓」。

「獨上江樓思渺然」，因為是「獨上」，所以「思渺然」，思緒飄向遠處，飄到回憶裡去了。要是從前和我一起望月的人還在，思緒就不會飄遠了。

「昨夜西風凋碧樹，獨上高樓，望盡天涯路。」（晏殊《蝶戀花．檻菊愁煙蘭泣露》）「獨上高樓」，不愁也愁。所以辛棄疾說「少年不識愁滋味，愛上層樓」（《醜奴兒．書博山道中壁》），年紀小，沒什麼經歷，「愛上層樓」，愁不請自來。可是慢慢有經歷了，知道愁不是什麼好事，吳文英說：「都道晚涼天氣好，有明月、怕登樓。」（《唐多令．惜別》）

「月光如水水如天」，這句真好，一個純淨的沒有雜質的世界。沒辦法翻譯。怎麼翻譯呢？月光像江水，江水像夜空？月光，江水，夜空，三者沒有界限，融合在一起。

「天與雲與山與水，上下一白。」（張岱《湖心亭看雪》）張岱寫的是被雪籠罩的世界，但意境和趙嘏的這句類似，趙嘏寫的是月光下的世界，水天一色。蘇軾的《記承天寺夜遊》裡有一句：「庭下如積水空明，水中藻、荇交橫，蓋竹柏影也。」這一句拿來解釋「月光如水」最好。「醉後不知天在水，滿船清夢壓星河」（唐珙《題龍陽縣青草湖》），這一句可以拿來解釋「水如天」的意境。

「同來望月人何處，風景依稀似去年。」為什麼是「風景依稀似去年」呢？風景是一樣的，可是缺了人，所以說好像一樣，但是好像又不一樣。差別就在這裡。月光，江水，高樓，這些都沒有變，在所有的元素都沒有變化的情況下，故人的缺席就顯得格外明顯了，因為他或者她成了唯一的變數。

我們不必追究是友人還是情人，總之這首詩傳達了故人不在的一種落寞。雍陶的《望月懷江上舊游》和趙嘏的《江樓舊感》異曲同工：

往歲曾隨江客船，秋風明月洞庭邊。
為看今夜天如水，憶得當時水似天。

唐詩的這種物是人非的寫作模式，其實會影響到後代的詩歌。我舉一些有代表性的例子，比如歐陽修的《生查子・元夕》：

去年元夜時，花市燈如畫。
月上柳梢頭，人約黃昏後。
今年元夜時，月與燈依舊。
不見去年人，淚濕春衫袖。

「去年元夜時，花市燈如畫。」元夜是正月十五，晚上燈火輝煌，像白天一樣亮。「月上柳梢頭，人約黃昏後」，非常美好的場景。可是「今年元夜時，月與燈依舊」，月亮沒有變，燈沒有變，可是人不見了。「不見去年人，淚濕春衫袖。」

像《題都城南莊》一樣，這首詞也用了很多相同的詞語，造成一種回環的效果。

富壽蓀在評價《題都城南莊》的時候說：「此詩不特有二『今』字，『人面桃花』四字亦復，而緣此益得前後呼應，循環往復之妙。」（《千首唐人絕句》）其實相同詞語的反覆出現，就好像營造了一個時間的迷宮。元夜、月、燈……這些同樣的元素在重複，可是有的元素並沒有重複，因此風景只能是「依稀」相似。

在時間的迷宮裡，兩個人走著走著，可能另外一個人就走丟了。宋詞是這樣，現代詩裡也有類似的寫法。徐志摩飛機失事以後，林徽因寫了一首懷念的詩，題目是《別丟掉》。有幾句寫得特別好：

……
一樣是月明，
一樣是隔山燈火，
滿天的星，只有人不見，
夢似的掛起。
……

月亮還是那個月亮，星星還是那個星星，但是你已經不在了。

四分之一個世紀的長度

接下來我們集中看一個詩人——劉禹錫，觀察他寫的有關物是人非的詩歌。先來看這首《楊柳枝》：

清江一曲柳千條，二十年前舊板橋。
曾與美人橋上別，恨無消息到今朝。

這一首《楊柳枝》其實和我們前面講的都類似，還是一種比較個人的情感。「當時輕別意中人，山長水遠知何處。」（晏殊《踏莎行·碧海無波》）「憶得舊時攜手處，如今水遠山長。」（辛棄疾《臨江仙·手捻黃花無意緒》）

我回想起當年我們一起拉過手的地方，那個場景、那些回憶，現在已經離我很遠了。我們之間已經隔了千山萬水，再也回不到從前了。

人生有很多偶然性。有時候兩個人一轉身，可能就是一輩子了。

劉禹錫參加政治改革，結果後來換了皇帝，掌握權力的人不一樣了，他就被貶到朗州。他在朗州待了十年才回到京城。回來以後他寫了這樣一首詩，《元和十年自朗州承召至京戲贈看花諸君子》：

紫陌紅塵拂面來，無人不道看花回。
玄都觀裡桃千樹，盡是劉郎去後栽。

「紫陌紅塵拂面來」，紫陌就是長滿了花草的大路。「紅塵拂面來」，說的是行人、車馬揚起的塵土。「無人不道看花回」，去看花的人絡繹不絕，現在都在往回走。沒有寫花怎麼漂亮，但是我們可以讀到花盛開的那個場面。「無人不道」，大家都在談論花。

「玄都觀裡桃千樹」，玄都觀，一個道觀，種了這麼多的桃樹，可是「盡是劉郎去後栽」。劉郎就是他自己。他其實在表達一種感慨，我在這裡的時候沒有這麼多花，我走了之後卻開了這麼多的花。時間改變了很多東西。

劉禹錫寫完這首詩沒過多久，他又被貶了。

等到他再回來，是十四年以後的事情了。兩次被貶，前後一共是二十四年，一個人有幾個二十四年？他回來之後，又去玄都觀，寫了下面這首詩，《再游玄都觀》：

百畝庭中半是苔，桃花淨盡菜花開。
種桃道士歸何處，前度劉郎今又來。

「百畝庭中半是苔，桃花淨盡菜花開。」這麼大的院子裡面，一半都長滿了青苔。經常有人走的話，不會有青苔。桃花都沒有了，全都是菜花。「種桃道士歸何處，前度劉郎今又來。」讀到這裡，你可能會覺得他有一點開心。但是又會覺得很悲涼。二十四年了，「前度劉郎今又來」。他活得比較長一點，曾經種花、看花的那些人可能都不在了，但是他也老了。

這個地方原來沒有花，他走了之後種上了花。後來這裡的花全都落光了。他寫的其實也是人生的花開花落。

在花開花落的背後，是劉禹錫個人的浮沉。但是在劉禹錫個人浮沉的背後，是朝代的變換，是不同政治勢力的興衰更迭。

我想這兩首詩給我們提供了一點新的東西，雖然詩人還是在寫物是人非這種我們已經非常熟悉的情感，但是這個物是人非背後有一個大的時代，這裡面有政治的因素。個人隨著時代的潮起潮落而起伏不定。

劉禹錫回來之後，還寫了許多詩，這首《與歌者何戡》也寫得很好：

二十餘年別帝京，重聞天樂不勝情。
舊人唯有何戡在，更與殷勤唱渭城。

天樂，就是宮廷的音樂。二十多年之後他回來了，又聽到了宮廷的音樂。但他從前的朋友，現在只剩下何戡了。

渭城，是《渭城曲》，就是王維寫的那首《送元二使安西》。一般送別的時候會唱這首曲子：「勸君更盡一杯酒，西出陽關無故人。」劉禹錫的回憶被這首歌觸發。

我們前面講，「人面只今何處去，桃花依舊笑春風」，「同來望月人何處，風景依稀似去年」，都是通過故人的不在場來表達遺憾。但是這首詩，劉禹錫寫的是在場，何戡還在呀，還能夠唱《渭城曲》。但是我們讀起來，卻覺得更悲涼。

原因在哪裡呢？

原因就在「唯有」這兩個字上。

劉禹錫寫何戡的在場，但是他用「唯有」這兩個字，實際上寫的是更多人的缺席。

李鎮說：「無一舊人能唱舊曲，情固可傷，猶若可以忘情；唯尚有舊人能唱舊曲，則感觸更何以堪。」（《詩法易簡錄》）

劉禹錫給我們展示的是一個人，但是同時他把我們的想像引向那個已經不存在的群體。「訪舊半為鬼，驚呼熱中腸。」（杜甫《贈衛八處士》）人到了中年，再去尋訪以前的朋友，好多已經不在這個世上了。

《渭城曲》是送別的曲子。當何戡唱起它的時候，劉禹錫的回憶會被帶回當初離開京城的場景吧。他走的時候，估計有很多人為他送行。朋友們折柳送別，端起酒杯，唱著「勸君更盡一杯酒，西出陽關無故人」。現在他一個人回來了，但是曾經送他走的那些故人舊友，已經再也見不到了。

其實詩人的感慨在第一句裡已經很濃了，「二十餘年別帝京」。這是四分之一個世紀的長度。

—昨日之我與今日之我—

我們最後來讀李商隱的這首《錦瑟》：

錦瑟無端五十弦，一弦一柱思華年。
莊生曉夢迷蝴蝶，望帝春心托杜鵑。
滄海月明珠有淚，藍田日暖玉生煙。
此情可待成追憶，只是當時已惘然。

這首詩很美，但是也難懂。我們先說什麼是錦瑟。瑟是一種樂器，錦瑟就是有著華麗花紋的瑟。瑟這種樂器彈奏出來的曲調大概比較悲傷。《史記》中記載：「太帝使素女鼓五十弦瑟，悲，帝禁不止，故破其瑟為二十五弦。」

李商隱看見錦瑟，到底想起了什麼？有很多種不同的說法。因為李商隱沒有講清楚。李商隱的詩全都是謎語，要靠你自己猜。他寫過很多首《無題》。這首其實也類似一首《無題》，取第一句前兩個字做題目，你還是不知道他要說什麼。

有的人認為《錦瑟》是一首寫樂曲的詩。中間四句就是寫瑟這種樂器能彈奏出來的四種不同的聲調，分別是：適、怨、清、和。

也有人認為錦瑟是人名，是李商隱的恩人令狐楚家的婢女。劉攽說：「李商隱有《錦瑟》詩，人莫曉其意，或謂是令狐楚家青衣名也。」（《中山詩話》）李商隱懷念這個婢女，寫了這首詩。

還有人認為《錦瑟》是悼亡詩，是懷念他的妻子的。李商隱寫過一首詩叫《房中曲》，是悼亡詩。他說：「歸來已不見，錦瑟長於人。」這裡也提到了錦瑟。於是就有人把這兩首詩聯繫在一起。錢良擇說：「錦瑟當是亡者平日所御，故睹物思人，因而托物起興也。」（《唐音審體》）那麼《錦瑟》這首詩到底是不是在懷念妻子呢？我覺得也不一定。畢竟詩裡面什麼具體的資訊都沒有透露。

我們讀詩，沒有必要牽強附會，也沒有必要把所有東西都落到實處。梁啟超說：

「如義山集中近體的《錦瑟》、《碧城》、《聖女祠》等篇……這些詩，他講的什麼事，我理會不著……但我覺得他美，讀起來令我精神上得一種新鮮的愉快。須知，美是多方面的，美是含有神祕性的。我們若還承認美的價值，對於這種文學，是不容輕輕抹煞啊！」（《中國韻文裡頭所表現的情感》）

有時候讀詩，不懂也沒關係。重要的是獲得一種美的感覺。

但我們還是盡量搞清楚，這首詩在講什麼。

我們先來看中間兩聯的四個典故。

「莊生曉夢迷蝴蝶」，講的是莊周夢蝶的寓言。莊子睡覺，在夢裡面變成了一隻蝴蝶。他睡醒了以後，發現自己還是莊周。

「望帝春心托杜鵑」，望帝本名杜宇，是蜀國的一個皇帝。他死後化成了一隻杜鵑，每天啼叫，發出很悲哀的聲音，一直叫到吐血為止。白居易在《琵琶行》裡說「杜鵑啼血猿哀鳴」。動物裡面，猿和杜鵑的叫聲最讓人難過。

「滄海月明珠有淚」，李商隱把兩個典故混在一起講。一個典故是月圓的時候，海裡的珍珠也會變得圓潤。另外一個典故說鮫人流眼淚，眼淚會變成珍珠。

「藍田日暖玉生煙」，唐代有一個詩人叫戴叔倫，他說：「詩家之景，如藍田日暖，良玉生煙，可望而不可置於眉睫之前也。」（司空圖《與極浦書》）這是在說什麼呢？一種可望而不可即的狀態。

我們把這四個典故放在一起看，他在講什麼呢？

李商隱其實在講「昨日之我」和「今日之我」的關係。他在講一個人回憶他的過去的時候會有的情緒。

今天的你，看昨天的你，就像是莊子回憶夢中的蝴蝶，就像是杜鵑回憶曾經作為人的時刻。

姜炳璋說：「此五十年中，其樂也，如莊生之夢為蝴蝶，而極其樂也；其哀也，如望帝之化為杜鵑，而極其哀也。」（《選玉谿生詩補說》）

回憶中不總是歡樂，也不總是悲哀。一半一半，悲欣交集。就像是由鮫人的眼淚化成的珍珠，是美的，但是裡面有悲傷的痕跡。

回憶就是這樣，美與悲傷是並存的。

但是「今日之我」和「昨日之我」之間隔了一條不可踰越的鴻溝。你回憶從前的時候，那些記憶好像很真實，一切都歷歷在目，那都是你親身經歷的事。你以為你要觸碰到它了，你以為你可以回到從前再來一遍。可是你向前一步，記憶就向後退一步。

就像是藍田日暖，就像是良玉生煙。

你永遠不可能回到過去了。

你看著回憶中的自己，很真實，但是又很不真實。就像一場夢。

所以你要問這首詩在講什麼，其實很簡單，只有三個字：思華年。

杜詔說：「莊生夢醒，化蝶無蹤；望帝不歸，啼鵑長託；以比華年之難再也。」（《中晚唐詩叩彈集》）

悲哀來源於無常。人是在不斷地變化著的，人是在不斷地趨近死亡的，「物是人非」中的「人」，有時候指的其實是自己。今天的你，已經不再是昨天的你了。

——因為「無端」，所以「惘然」——

我們回過頭來看第一句，「錦瑟無端五十弦」。「無端」是什麼意思呢？無端就是沒有理由，不知道為什麼。薛雪說：「此詩全在起句『無端』二字，通體妙處，俱從此出。意云：錦瑟一弦一柱，已足令人悵望年華，不知何故有此許多弦柱，令人悵望不盡，全似埋怨錦瑟無端有此弦柱，遂致無端有此悵望。」（《一瓢詩話》）

薛雪的眼光精準，一下子就點出了關鍵。李商隱說的是不明白瑟為什麼有五十根弦，可是弦多弦少和他有什麼關係呢？他說的是不知道自己為什麼就走到了現在這個時刻。「瑟五十弦，一弦一柱而思華年，蓋無端已五十歲矣。」（姜炳璋《選玉谿生詩補說》）

因為「無端」，所以才會「惘然」。

惘然，有「困惑」的意思，也有「憂傷」的意思。我想在《錦瑟》這首詩裡，兩個意思大概同時存在。哀傷在於「無端」，被時間推著向前，一站又一站，最後來到這裡。一根一根弦數過去，其實是自己生命中的一年又一年。困惑也在於「無端」，很多事情無法把握，也說不清楚理由。

那麼是此刻才覺得惘然嗎？不是的。

「此情可待成追憶，只是當時已惘然。」「可待」是「豈待、何待」的意思，就是何必等到。我們總是在經歷了很多的事情之後，回憶起來，才覺得惘然，才感受到悵惘，才了悟到人生的不確定性，才覺得一切如夢似幻無法把握，才意識到生命本身是神祕的、不可捉摸的。李商隱說不是這樣的，我在「當時」就已經惘然了。這是李商隱不一樣的地方。

我想借助另外一首詞來幫助大家理解最後這兩句。我們來看北宋的詞人呂本中寫的一首詞《減字木蘭花．去年今夜》：

去年今夜，同醉月明花樹下。此夜江邊，月暗長堤柳暗船。
故人何處？帶我離愁江外去。來歲花前，又是今年憶去年。

還是我們前面講的模式，物是人非，故人缺席，一個人回憶。去年這個時候，我們倆一起在這裡喝酒。「此夜江邊」，有月亮，有柳樹，有船，可是「故人何處」呢？故人不見了。「來歲花前，又是今年憶去年。」

最後一句寫得特別好，他不是單純把時間向後延展，進入回憶中，說去年你還在這裡，今年已經不在了。他不是的，他說「來歲花前」，等到明年這個時候我再來，我還是會像今年一樣地悲哀。

他有一種預感，他不是等到明年再來的時候才覺得悲哀，而是現在就已經悲哀了。

「料今朝別後，他時有夢，應夢今朝。」（周端臣《木蘭花慢・送人之官九華》）「預想前秋別，離居夢棹歌。」（李商隱《荷花》）敏感的詩人會對未來有一種提前的感知。

為什麼會這樣呢？這可能就是人生經驗的累積。獲得了很多人生的經驗之後，你慢慢會瞭解到人生的真相。白居易寫過一句詩：「大都好物不堅牢，彩雲易散琉璃脆。」(《簡簡吟》)生命的真相可能就是這樣，美好的事物總是短暫的、易逝的。

一個人在這個世界上失望得多了，可能就不會再有什麼期待了。你不會再期待所謂的團圓，你會對所有悲傷的結局做好準備。

當然，我想李商隱的敏感可能一方面來自於人生的經驗，另一方面和天生的個性氣質也有關吧。

李商隱特別像《紅樓夢》裡的林黛玉。

《紅樓夢》裡寫劉姥姥來大觀園，賈母帶著劉姥姥還有姑娘小姐們一起在大觀園的水池子裡划船，結果碰到了很多枯敗的荷葉。賈寶玉就說荷葉太討厭了，把它們全拔走吧。林黛玉這時候不高興了，林黛玉說：「我最不喜歡李義山的詩，只喜他這一句：『留得殘荷聽雨聲。』偏你們又不留著殘荷了。」

雖然林黛玉說她不喜歡李商隱的詩，可是兩個人確實很像。林黛玉不喜歡大家一起吃飯，她想：「人有聚就有散，聚時喜歡，到散時豈不清冷？既清冷則生感傷，所以不如倒是不聚的好。」(《紅樓夢》第三十一回)在聚的時候她就已經想到散了，甚至沒聚的時候她就想到散了。

對於李商隱來說，他不需要等到回憶起曾經的美好，才覺得失落。當他還處在美好之中的時候，可能已經預感到，有一天這些都會離自己而去。即便是可以擁有短暫的快樂，他可能也會覺得不真實，也會提前預感繁華散去的落寞，會預感到快樂消失後的悵惘。

這是李商隱和很多人不太一樣的地方。

李商隱寫過一首《春風》：

春風雖自好，春物太昌昌。
若教春有意，唯遣一枝芳。
我意殊春意，先春已斷腸。

春天百花盛開，但是一般到了暮春時節，看見落花滿地，大家難免會感傷。所以詩詞中寫傷春情緒的很多。但是李商隱不一樣。普通人是在春天要結束的時候感傷，李商隱是「先春已斷腸」。春天還沒到，花還沒有盛放，已經預感到將來遲早有凋零的那一天。

李商隱的詩歌為我們提供了一種新的感受時間、理解物是人非的可能，就是悲傷的情緒並非僅僅發生在一切結束以後，發生在回憶的時候。

對於李商隱式的詩人來說，他們承受的失落是雙倍的，一次發生在「當時」，一次發生在「此刻」。

第二講
繁華與荒蕪

這一講我們來談懷古詩。懷古詩的寫作通常是這樣的：詩人遊覽某處歷史遺跡，看見這個地方衰敗了、寥落了，於是有感而發，通過現在和過去的對比，呈現出一種歷史的虛幻感。曾經的一切，好像一場夢一樣。詩人能通過殘存下來的痕跡，感受到繁華存在過。但是在他們眼前，更確定的其實是荒蕪。

上一講我們談到崔護的《題都城南莊》，談到趙嘏的《江樓感舊》。那些詩都是基於詩人個人的經驗。故地重遊，發現物是人非，於是感受到人生的無常。那些詩裡的時間跨度比較小，最多是一個人的一生。這一講其實是承接著上一講而來。懷古詩也是講「物是人非」，但是這個「物是人非」的時間跨度很大。詩人兩隻腳踏進歷史的河流。他們通過想像，調動出關於某個地方的歷史記憶，還原出曾經可能有過的情景。

這樣一來，個人的「物是人非」擴大成了歷史的「滄海桑田」，時間對於生命的意義就更明顯了。滾滾長江東逝水，逝者如斯，歷史的河流帶走一切。人在歷史、在永恆的自然面前，顯得非常渺小。

下面我們通過分析一些具體的元素，來看看懷古詩的構成。

一夕陽是時間的顏色一

我們先來看張籍的這首《法雄寺東樓》：

汾陽舊宅今為寺，猶有當時歌舞樓。
四十年來車馬絕，古槐深巷暮蟬愁。

「汾陽舊宅今為寺」，汾陽指的是郭子儀。郭子儀平定安史之亂有功，被晉封為汾陽郡王，後代稱他為郭汾陽。這裡曾經是郭子儀的府邸，現在變成了法雄寺。第一句一起筆，就是冷和熱的對比。熱鬧的宅院，冷清的寺廟。變化隨著時間悄悄發生。

「猶有當時歌舞樓」，「猶」用得好。「猶」字提示我們，儘管時間帶走了一些東西，但它也保存了一些東西。而這些保存下來的東西，會把我們的記憶帶向過去。

如果不是「猶有歌舞樓」，我們只能看到徹底的改變。但現在，我們通過一個歷史殘存的碎片，得以想像歷史的原貌。

雖然我們看到從前的歌舞樓現在是法雄寺的東樓，現在的色調是冷的，但是在冷清的背後，我們可以隱隱地感覺到從前的燈火輝煌。歌舞樓幫助我們建立起想像，這裡曾經有過熱鬧的宴會，這裡曾經繁華得不得了。絲竹管絃的聲音從歷史深處傳來。

張籍其實在寫什麼？

他在寫「色」變成了「空」。

讀張籍的這首詩，我總會想到《紅樓夢》。《紅樓夢》也是在寫「冷、熱」，也是在寫「色、空」。《紅樓夢》第二十九回，賈母一行去清虛觀打醮，在神前拈了三齣戲。

第一齣戲叫作《白蛇記》。《白蛇記》講的是漢高祖劉邦斬白蛇起義的故事。

第二齣戲叫作《滿床笏》。《滿床笏》講郭子儀家的故事。郭子儀六十大壽的時候，他的兒子、女婿都來給他慶壽，大家拜壽的時候就把笏板扔到床上去了，笏板堆了一床。富貴的程度可想而知。

第三齣戲叫作《南柯夢》。三齣戲，其實是對賈家的隱喻。《白蛇記》是起點，到了頂點就是《滿床笏》，可是最後怎麼樣呢？到頭來，不過是南柯一夢。《紅樓夢》裡每次講到戲，都不要輕易放過，裡面是對賈家命運的伏筆。

「四十年來車馬絕，古槐深巷暮蟬愁。」現在這裡已經沒什麼人來了。他寫的是「車馬絕」，但他同時也在提示，這裡有過「車如流水馬如龍」。古槐，深巷，暮蟬，三個意象並置在一起，好像馬致遠寫的，枯藤，老樹，昏鴉。不用講別的，幾個意象擺在一起，蕭條冷落就全出來了。

趙嘏的《經汾陽舊宅》和張籍的《法雄寺東樓》很像，他寫的也是郭子儀舊宅：

門前不改舊山河，破虜曾輕馬伏波。
今日獨經歌舞地，古槐疏冷夕陽多。

「門前不改舊山河，破虜曾輕馬伏波。」馬伏波指的是東漢時期的伏波將軍馬援，他曾經立下赫赫戰功。趙嘏認為郭子儀的戰功比馬援還要大。

這裡的山河可以是實寫。山河是不會改變的。要寫變化，就要有不變的東西作為對照。要有一個參照系。「人世幾回傷往事，山形依舊枕寒流。」（劉禹錫《西塞山懷古》）人世變化，但是山河依舊。

山河也可以說的是唐朝的江山。沈德潛說：「見山河如故，而恢復山河者已不堪憑弔矣。可感全在起句。」（《重訂唐詩別裁集》）他說得也有道理。

「今日獨經歌舞地，古槐疏冷夕陽多。」張籍和趙嘏，都在寫今昔之別，區別在哪裡呢？在趙嘏的詩裡，我們看到了夕陽正在緩緩落下。張籍寫的也是傍晚，「暮蟬」嘛。但是趙嘏把夕陽染色的面積擴大了。我們明顯地感受到了落日的餘暉，看到了詩人的影子在夕陽下被拉長。

夕陽會給詩歌染上一層哀傷的顏色。

懷古詩當中寫到太陽，多數寫的是夕陽。當然，詩人可能的確是在傍晚看到眼前的景象，如實記錄。俞陛雲說：「登臨覽勝者，每當夕陽在野，易發思古之幽情。」（《詩境淺說》）

但是夕陽這類意象也有可能是詩人的有意選擇。

夕陽意味著什麼呢？意味著下沉和結束。夕陽是一個下降的狀態，它也標誌著這一天即將走向它的末尾。

中晚唐的詩歌裡面，夕陽、殘陽、落日，這類意象特別多。詩人大概也可以感受到他們所處的時代正在下沉。敏感的詩人甚至會預料到，終點就在不遠的前方。安史之亂之後，中唐、晚唐的懷古詩很多。詩人遊覽歷史遺跡，往往會和自身建立起聯繫：我也處在下降時期的王朝，我也處在歷史的衰落期。而我現在的時代，也會像曾經那些繁華的時代一樣被歷史吞沒。所以他們特別容易產生這種感慨。劉勰在《文心雕龍》裡說「文變染乎世情，興廢繫乎時序」，一首詩歌的產生並非和時代完全無關。

我們再來看崔櫓的《華清宮三首・其三》：

門橫金鎖悄無人，落日秋聲渭水濱。
紅葉下山寒寂寂，濕雲如夢雨如塵。

華清宮大概是比郭子儀的宅邸更能體現唐朝盛衰變化的。華清宮是很有名的遺跡，唐玄宗和楊貴妃從前經常到華清宮去，所以它其實是一個關於盛唐的符號，是一個關於王朝興盛的符號。中晚唐的時候，很多詩人看到華清宮，會不斷想起曾經這裡有過的歷史記憶。可是現在怎麼樣了？

「門橫金鎖悄無人」，門閂上了，鎖掛上了，一個人也沒有了。

「落日秋聲渭水濱」，渭水在旁邊流淌，這邊是落日，秋風颯颯。

「紅葉下山寒寂寂」，紅葉被風吹到山下面去了。落日，秋風，紅葉，一點一點地把蕭瑟的感覺堆上去。

「濕雲如夢雨如塵」，他寫的是景色，寫的是朦朧、迷幻的感覺，可是他用「濕雲如夢」的時候，也在提醒我們，曾經的盛唐時代，其實也像一場夢一樣。

這首詩最大的特點就在於它的色彩。這首詩裡的顏色是暖的，金鎖，落日，紅葉，都是暖色。可是暖色只是表象，下面的底色是寒寂，是蒼涼。

我們讀懷古詩，讀到詩裡的夕陽、落日，就好像看一幅泛黃的老照片。夕陽的光澤是時間的顏色。

一燕子去了又來一

懷古詩裡還有一個很常見的意象，就是鳥。鳥的存在，往往是襯托人的不在。我們先來讀李白的《越中覽古》：

越王勾踐破吳歸，義士還鄉盡錦衣。

宮女如花滿春殿，只今唯有鷓鴣飛。

「越王勾踐破吳歸」，寫勾踐打敗夫差，大勝而歸。「義士還鄉盡錦衣」，將士們都衣錦還鄉。《史記・項羽本紀》中記載項羽說：「富貴不歸故鄉，如衣繡夜行，誰知之者？」富貴了，還不回到故鄉去炫耀一下，就好像穿了一身漂亮衣服走在黑夜中，沒有人知道。「宮女如花滿春殿」，大殿兩旁，宮女排列。寫到這裡，我們會發現繁華到了頂點，興盛到了頂點，歡樂到了頂點。

但是到最後，李白一筆把上面這些全抹空了。他說現在這些在哪裡呢？越王在哪裡呢？義士在哪裡呢？錦衣在哪裡呢？宮女在哪裡呢？曾經的大殿在哪裡呢？

全都沒有了。

「只今唯有鷓鴣飛」，現在只剩下鷓鴣在這裡飛來飛去了。和鷓鴣形成對照的，是曾經的榮耀輝煌。

李白把情緒推到極高的頂點上之後，「啪」一下子下來，一筆全抹空。我們會在一瞬間感受到一種情感上的落差。

這首詩寫得很陡峭。我們前面講過，絕句需要轉折，一般在第三句轉。但是李白這首詩打破了常規。劉拜山評價這首詩說：「七絕多以第三句轉折，第四句繳結。此詩末句陡轉上繳，語冷節促，盛衰之感倍烈。」（《千首唐人絕句》）說得很準確。

李白這首詩，帶著讀者從平地扶搖直上，到九萬里的高空，然後和我們一起飛下來。情感的落差非常大。等我們再次回到平地上，會忽然明白，歷史不過就是這樣，起點就是終點，從「無」到「無」。

再來看李益這首《隋宮燕》：

燕語如傷舊國春，宮花一落已成塵。
自從一閉風光後，幾度飛來不見人。

李益寫的是隋宮，隋煬帝的行宮。

「燕語如傷舊國春」，燕子好像在傷感曾經的隋已經覆滅了。

「宮花一落已成塵」，宮花落下來，零落成泥碾作塵。

「自從一閉風光後」，自從宮門關閉、風光不再之後，「幾度飛來不見人」。竇鞏的《洛中即事》和李益這首詩寫法類似：「寂寂天橋車馬絕，寒鴉飛入上陽宮。」通過寫鳥來寫上陽宮的衰敗。但是不如李益的「幾度飛來不見人」。燕子不是只來一回，而是「幾度飛來」。這首詩寫的不是一個時間節點，不是一個靜態畫面，這裡面的時間是有長度的。自然永遠這樣迴圈著，一年一年。時間過去很久了，這裡還是沒有人。蕭條呈現出一種延續的狀態。

一草木有情或者無情一

懷古詩中還有一類重要的模式，我把它總結叫草木有情或者無情，通過花草來寫人的感情。我們先看陳羽的《吳城覽古》：

吳王舊國水煙空，香徑無人蘭葉紅。
春色似憐歌舞地，年年先發館娃宮。

「吳王舊國水煙空」，曾經的吳國現在已經煙消雲滅了。「香徑無人蘭葉紅」，沒有人，但是蘭葉仍舊紅。花草不會因為人的改變而改變。「春色似憐歌舞地，年年先發館娃宮。」這些花、這些草好像在憐憫這片曾經的歌舞地。歌舞地，「猶有當時歌舞樓」，我們關於這裡的想像會被調動出來。花草憐憫的方式是什麼呢？是每年一到了春天，它們就趕緊地長滿了這片地方。陳羽把花草寫得像人一樣有情。

可是這裡寫花草的有情反而襯托出一種寥落。如果這裡仍舊有人，仍舊宴飲不斷，春色也不會「先發館娃宮」了。

但是草木本身不會思考，它也不會流淚，它也不會笑。它是沒有感情的。是誰覺得它有感情？是人，是詩人把自己的感情投注在這些無情的草木上面。

《莊子．秋水》裡記錄了這樣一段對話：

莊子與惠子遊於濠梁之上。

莊子曰：「儵魚出遊從容，是魚之樂也。」

惠子曰：「子非魚，安知魚之樂？」

莊子曰：「子非我，安知我不知魚之樂？」

惠子曰：「我非子，固不知子矣；子固非魚也，子之不知魚之樂，全矣！」

莊子曰：「請循其本。子曰『汝安知魚樂』云者，既已知吾知之而問我，我知之濠上也。」

莊子自己心裡快樂，所以看魚也是快樂的，其實是「移情」。

陳羽寫的是有情，韋莊的《臺城》寫的是草木無情：

江雨霏霏江草齊，六朝如夢鳥空啼。
無情最是臺城柳，依舊煙籠十里堤。

「江雨霏霏江草齊」，江邊的雨下得很細密，草長得很茂盛。「六朝如夢鳥空啼」，這裡是六朝舊都嘛，有吳，有東晉，有宋、齊、梁、陳，但是六朝一個個全都滅亡了，就好像一場夢一樣。「空」用得特別好，鳥空啼，鳥叫給誰聽呢？「無情最是臺城柳」，詩人埋怨臺城柳無情。唐汝詢說：「臺城已破，柳色無改，是以恨其無情也。」（《唐詩解》）江山興亡和你好像無關。你還是這樣青翠，還是這樣茂盛。

杜甫的《哀江頭》裡有這麼一句：「江頭宮殿鎖千門，細柳新蒲為誰綠？」南宋詞人姜夔寫過一首《揚州慢》，寫的是經歷戰爭後的揚州。他在結尾寫道：「念橋邊紅藥，年年知為誰生？」他說你每年是為誰而開呢？杜甫、姜夔和韋莊的寫法是一樣的，他們認為草木是無情的。其中有一種怨，有一種不滿。這背後的心理是什麼？姜夔說：「樹若有情時，不會得青青如此。」（《長亭怨慢．漸吹盡》）樹如果有情的話，不會這樣青翠茂盛了。可是它們能怎麼樣呢？枯萎嗎？范大士說：「人自多情，故覺柳無情耳。」（《歷代詩發》）

其實只不過是因為詩人自己多情，所以看這些花草林木才會覺得它們無情。寫草木無情，實則是寫自己有情。

但是如果我們再深入一層，就會發現，怨的背後是什麼呢？胡次焱評價《臺城》時說：「始責煙柳無情，不顧興亡，終羨煙柳自若，付興亡於無可奈何，意味深長。」（《刪補唐詩選脈箋釋會通評林》）

從表面上看，詩人說草木無情，好像是一種怨。可是怨的背後是羨慕，它們不會受到興亡的影響，不會動情，不會傷感難過。但是羨慕的背後是什麼呢？其實是失落。是人在不斷迴圈輪回的永恆自然面前感受到的失落。

―舊時月，照著秦淮河―

在懷古詩中，另外一個重要的意象是月亮。我們來讀李白的這首《蘇臺覽古》：

舊苑荒臺楊柳新，菱歌清唱不勝春。
只今唯有西江月，曾照吳王宮裡人。

「舊苑荒臺楊柳新」，現在這裡長滿了柳樹。「菱歌清唱不勝春」，能聽到採菱的歌女在唱歌。

「只今唯有西江月」，葉羲昂說這首詩「得力全在『只今唯有』四字」（《唐詩直解》）。

現在還剩什麼呢？吳王沒有了，吳王的宮殿沒有了，宮女也沒有了，只剩下西江月了。

「曾照吳王宮裡人」，前面三句寫的是現在的景色，最後一句把我們拉回歷史的想像中。這首《蘇臺覽古》和《越中覽古》的區別在哪裡呢？《越中覽古》前面三句寫盛，最後一句寫衰。《蘇臺覽古》反過來，前面三句寫現在的荒蕪，寫現在的衰落，最後一句引向對從前繁盛的追憶。

這首詩裡很重要的參照物是月亮。月亮是不變的，但是人已經沒有了，「今月曾經照古人」（李白《把酒問月．故人賈淳令予問之》）。

劉禹錫寫過一組懷古詩叫作《金陵五題》。金陵就是南京。這組詩寫南京的五處古蹟。講懷古詩，不能不提劉禹錫這幾首詩。但有意思的是，劉禹錫寫這五首詩的時候，沒有去過南京。這組詩前面有一個小序：

余少為江南客，而未遊秣陵，嘗有遺恨。後為歷陽守，跂而望之。適有客以《金陵五題》相示，逌爾生思，欻然有得。他日友人白樂天掉頭苦吟，歎賞良久，且曰《石頭》詩云「潮打空城寂寞回」，吾知後之詩人，不復措詞矣。余四詠雖不及此，亦不孤樂天之言耳。

劉禹錫說我年輕的時候沒有去南京遊歷過，非常遺憾。後來有一天我的朋友寫了一組叫作《金陵五題》的詩，拿給我看。我一看他寫的這五首詩之後立刻來了靈感，我也寫了一組《金陵五題》。我把這組《金陵五題》給白居易看，白居易說我那句「潮打空城寂寞回」寫得太好了，沒有人能超過我了。

這裡就涉及寫作的真實性問題。是不是要親身經歷過才能寫？其實也不一定。我們讀劉禹錫的《金陵五題》，會覺得他好像當時就在現場一樣。

我們來看這組詩裡的《石頭城》：

山圍故國周遭在，潮打空城寂寞回。
淮水東邊舊時月，夜深還過女牆來。

「山圍故國周遭在，潮打空城寂寞回。」山還是那個山，城牆還是那個城牆。但是「潮打空城」，潮水打過來打過去，「寂寞回」。為什麼是寂寞呢？

因為裡面沒有人，裡面空掉了。

「淮水東邊舊時月」，淮水東邊現在剩下什麼呢？剩下照耀著秦淮河的月亮，它曾經照耀著六朝，曾經照耀著吳，照耀著東晉，照耀著宋、齊、梁、陳，它今天也在照耀著這片空城。

月亮沒有變化，可是這裡已經物是人非。

「夜深還過女牆來」，女牆就是城牆上面的矮牆。月光還照過來。和「只今唯有西江月，曾照吳王宮裡人」是一樣的，和「明月自來還自去，更無人倚玉闌干」（崔櫓《華清宮三首．其一》）是一樣的。月亮是永恆的，但是人世是變化的，而且是不斷變化的。

沈德潛說：「只寫山水明月，而六代繁華俱歸烏有，令人於言外思之。」（《重訂唐詩別裁集》）

讀這首詩的時候，我們會感覺劉禹錫就站在城牆上，就站在秦淮河邊看著月亮。但是我們知道，他其實並沒有去過那裡。

到這裡，我們可以稍微總結一下，懷古詩是如何來寫今昔的變化，如何來寫盛衰的更迭，如何來寫朝代的轉換。

懷古詩中通常有兩類意象，一類是和自然有關的意象：山、河、花、草、鳥、月……一類是和人有關的意象。這兩類意象往往會形成對照。

人手建造起來的宅院宮殿，現在已經破落不堪，罕有人跡。但是鳥還是一年一年地來了又去，草還是一年一年地枯了又長，月亮還是一年一年地回到原來的地方。所以你看山還是那個山，江水還是那個江水，自然並不會發生什麼變化，不會因為人的改變而改變。「庭樹不知人去盡，春來還發舊時花。」（岑參《山房春事二首．其二》）「沙鳥不知陵谷變，朝飛暮去弋陽溪。」（劉長卿《登餘干古縣城》）日出月升，雲捲雲舒，鳥去鳥來，花開花謝，四季輪回不斷。

那麼與永恆的自然形成對照的是什麼呢？是短暫的人世，是不斷更迭的歷史。

而詩人本身作為一個渺小的個體，他的感慨在哪裡呢？他的感慨在於，

所有人都會消失在歷史的滾滾洪流中。「大江東去，浪淘盡，千古風流人物。」（蘇軾《念奴嬌．赤壁懷古》）

但是其實寫著寫著，也容易形成套路。胡震亨說：「諸家懷古感舊之作，如『年年春色為誰來』『唯見江流去不回』『唯有年年秋雁飛』『只今唯有西江月，曾照吳王宮裡人』等句，非不膾炙人口，奈詞意易為仿效，竟成悲弔海語，不足貴矣。」（《唐音癸籤》）

一有煙火處有人家一

這一講的最後，我們來讀劉禹錫的《烏衣巷》，這是我最喜歡的一首懷古詩：

朱雀橋邊野草花，烏衣巷口夕陽斜。
舊時王謝堂前燕，飛入尋常百姓家。

「朱雀橋邊野草花，烏衣巷口夕陽斜。」朱雀橋，烏衣巷，都是繁盛的符號。烏衣巷是東晉王、謝兩大家族聚居的地方，朱雀橋是通往烏衣巷的必經之路。前面講過「春色似憐歌舞地」，衰敗了，沒有人走，野草野花才會生長出來。杜甫在《春望》裡寫「國破山河在，城春草木深」，也是這個意思。自然就是這樣，「江山不管興亡事」，「無情最是臺城柳」。

「舊時王謝堂前燕，飛入尋常百姓家。」清代的施補華在《峴傭說詩》裡說：「若作燕子他去，便呆。蓋燕子仍入此堂，王、謝零落，已化為尋常百姓矣。」燕子每年到了季節，還是回到這裡。但是這裡已經換了人間。王謝堂，變成了百姓家。

前面講過那麼多懷古詩，都有一種蒼涼，一種悲哀，好像到最後所有都成空了，一切歸零，讓人有一種虛幻和無力感。覺得歷史好像就是這樣了，繁華的盡頭是荒蕪，有限的個體在永恆的自然面前不值一提。

讀完《烏衣巷》，心裡也會有一聲歎息，但不是那種完全落空的歎息。

前面我們也講鳥，講「只今唯有鷓鴣飛」，講「幾度飛來不見人」，但這首詩不一樣。這首詩裡有一種平和的力量。這種平和我想是通過三個字呈現出來的，就是「百姓家」。

現在這裡並沒有完全荒蕪，並沒有完全寥落，「百姓家」給我們一種想像，夕陽西下，家家戶戶現在可能正在做飯，煙囪裡升起絲絲縷縷的青煙，泥地上有玩耍的兒童，大家過著平靜的生活。

這首詩的前面三句抹去了繁華的痕跡，抹去了豪門貴族的痕跡，最後一句落到尋常的百姓生活裡。這種生活是普通的，但也是平和的，是有生機、有力量的。

其實和謝了又開的花草一樣，和來了又去的飛鳥一樣，人在這世上，也是一代一代，生生不息。不是嗎？

第三講

沙場與閨房

上一講談過了歷史，我們這一講的話題是——戰爭。中國古代的詩人和現實貼得比較近，題材也寬，寫戰爭寫出了很多好詩。唐代的詩人們往往並不只憑想像，有一些確實親自到過邊塞，寫出來的句子很有力量。像岑參，「輪臺九月風夜吼，一川碎石大如斗」（《走馬川行奉送封大夫出師西征》），還有高適，「大漠窮秋塞草腓，孤城落日鬥兵稀」（《燕歌行》），讀這些句子，能聽到後面的殺伐之聲。

我們這一講分兩個部分，前面一半講「他們」，後面一半講「她們」。今天一提起戰爭，總覺得是和男性有關，往往忽略了戰爭給整個家庭、給女性帶來的影響。但其實在唐詩裡，詩人們並沒有忽視「她們」的情緒和感受。

一明月何時照我還一

王昌齡被稱為「七絕聖手」、「詩家夫子」。他的七言絕句寫得很好，很多句子我們都非常熟悉。「黃沙百戰穿金甲，不破樓蘭終不還。」（《從軍行七首・其四》）「洛陽親友如相問，一片冰心在玉壺。」（《芙蓉樓送辛漸二首・其一》）但是讀他的很多詩，總能感覺到一股鬱結在字句裡面的不平之意。是一種怨，但是是一種隱而不發的怨。這可能和他的經歷也有關。王昌齡一輩子都沒有得到重用。

明代的李攀龍說王昌齡的《出塞》是「唐人七絕壓卷之作」，意思是唐代的七言絕句，這首是最好的。我們來看一下：

秦時明月漢時關，萬里長征人未還。
但使龍城飛將在，不教胡馬度陰山。

「秦時明月漢時關」，月亮並不只屬於秦，防禦的邊關也並不只屬於漢。但是詩人在「明月」和「關」前面加了定語，聯繫就建立起來了。什麼聯繫呢？歷史和現實的聯繫。歷史和現實，通過戰爭聯繫在了一起。戰爭是無休止的。戰爭在秦代發生，戰爭在漢代發生，戰爭在今天仍然發生。

第一句營造了一個開闊的空間。我們用詩人的視角，想像一下具體的情境。你站在邊關的城牆上，看著天上一輪孤月，夜色蒼涼。這個空間不只是開闊，而且有一種歷史感。我們在今天晚上的月光下面可以逐漸辨認出歷史的痕跡，你可以看到，城牆的磚塊已經被風沙磨損了不少。

從秦漢開始，月亮就已經在這裡了，從秦漢開始，阻礙敵人的邊關就已經在這裡了，從秦漢開始，一代一代出征的人就已經踏上了征途。或許這個時間點還可以提前。但是這麼多年過去了，沒有人回來。「萬里長征人未還」，月亮照耀著那些戰士前進的路，卻沒有照亮他們的歸途。

一代一代的人前仆後繼，但是很少有人回去。

「萬里長征」。我們唸出王昌齡寫的這四個字，就好像看見一條蜿蜒的隊伍，曲曲折折。一條蜿蜒的曲線橫亙在這個古老國家的土地上。但是這條路好像只有一個方向——從生到死的方向。

接下來，詩人換了一個語氣。他說：

「但使龍城飛將在，不教胡馬度陰山。」

詩有時候是要唸出來的。讀前兩句的時候，有悲涼的感覺。但是讀到第三句，我們能感受到詩人的聲音開始變得高昂、激動。「但使」這兩個字劈空而來，重重地砸下去。只要有像衛青或者李廣那樣的將軍戍守在這裡，敵人就不敢進犯。

可是我們會注意到，是「但使」。這只能是一種期待，一種想像。這裡當然有王昌齡的不滿。他不滿朝廷沒有像衛青、李廣一樣出色的將領，他不滿「時無英雄」，他更不滿即便有英雄也得不到重用……所以這個句子雖然聽起來讓人熱血沸騰，但其實後面沒有多大底氣。

想像和現實之間有很長的距離，一眼望不到頭。

《出塞》的四句不是平均著力的，這首詩內部的力量很不平衡。所有的重量其實都落在了第二句上——萬里長征人未還。

「秦時明月漢時關」，這是歷史的重量，戰爭無休無止。「但使龍城飛將在」，這是無法改變的現實的重量。最後的結局是什麼？「萬里長征人未還。」歷史和現實的重量都落在這一句上。這是非常沉重的一句話。

在這首詩裡，我們看見一些生命不堪重負，終於倒下了。但是我們也看見，又會有新的人在月光下收拾好行囊，匆匆上路。

一春風吹不到的地方一

我們再來看一首王之渙的詩，《涼州詞二首．其一》：

黃河遠上白雲間，一片孤城萬仞山。
羌笛何須怨楊柳，春風不度玉門關。

這首詩有一個故事，記載在薛用弱的《集異記》裡。這個故事叫「旗亭畫壁」。旗亭，就是酒樓。在一個雪天，王之渙和兩個朋友一起去酒樓喝酒，一個是王昌齡，另外一個是高適。喝著喝著，來了一些梨園子弟，他們在這裡聚會宴飲。這三個人就到旁邊去了，一邊烤火，一邊看。過了一會兒，又來了四個歌女。她們奏樂演唱，唱的都是當時有名的樂曲。

這三個人就要比較一下，比比看誰更有名。比的方式是什麼呢？唐代有一些詩可以配樂歌唱，就像現在的流行歌曲。他們在一旁暗中觀看，看這幾個歌女唱誰的詩唱得最多。

第一個歌女一開口，「寒雨連江夜入吳……」王昌齡就在牆上畫了一道，他說：「一首了。」過了一會兒，一個歌女唱了一首高適的詩。高適拿起筆來畫上一道，很得意：「一首了。」又有歌女唱歌了，這次唱的還是王昌齡的詩。王昌齡說：「兩首了。」

王之渙這個時候就坐不住了，他本來以為自己挺有名的，但是到現在還沒有人唱自己的詩。他改變了一下規則。他指著這些歌女裡最出眾的那個說：「現在她還沒唱，如果她唱的不是我的詩，我這輩子就不和你們比什麼高下了。但是如果她唱的是我的詩，你們就要拜我為師。」他們就在旁邊等著聽這個歌女唱歌。

過了一會兒，這個姑娘輕輕唱了起來：「黃河遠上白雲間……」王之渙大笑：「你們這些鄉巴佬，我難道會騙你們嗎？」

這個故事雖然未必可信，但是很有趣，能幫助我們想像唐代詩人交往的具體情境。

如果說王昌齡的《出塞》描述的是一條線，是從秦漢一直到唐，那王之渙的《涼州詞》描繪的就是一個點。他選取的是「這一刻」。「黃河遠上白雲間」，一幅靜止的畫面。「黃河遠上」，從下游看到上游。距離拉開很遠才能看到黃河蜿蜒直上。王之渙畫了一條線，把天和地連接起來了。

這首詩裡的黃河是靜態的。它和另外一首詩很像，哪一首呢？李白的《將進酒》。「君不見黃河之水天上來，奔流到海不復回。」但李白這一句裡的黃河是從上游往下游走，有一種動態感。

李白寫這一句，情緒很飽滿，他說你看到沒有？黃河一去不復返。你看到沒有？那就是你的人生。你的青春也一去不復返，「朝如青絲暮成雪」。

「一片孤城萬仞山」，萬仞山，就是高山。在高山中，有一座孤立的城。

有一個版本寫的是「黃沙直上白雲間」。如果從閱讀的效果來說，我還是比較喜歡「黃河遠上白雲間」。天地間一條黃河，群山間一片孤城，孤獨的感覺在這兩個意象之間蔓延開來。

「羌笛何須怨楊柳」，現在從遠處傳來了羌笛的聲音，曲調很幽怨。吹的是什麼呢？吹的是《折楊柳》。

古代有折柳送別的傳統，取「柳」的諧音是「留」。你要走了，我折楊柳相送，希望留下你。看到楊柳，就會想起當時離別的情景，心裡就會有一種哀傷。《折楊柳》就和這種離別的哀傷有關。當然，聽到這首曲子，除了會想到離別，也會意識到自己是在異鄉，會想家。「此夜曲中聞折柳，何人不起故園情。」（李白《春夜洛城聞笛》）

可是吹笛的人何必吹這樣幽怨的曲子呢？

「春風不度玉門關」，這裡的「春風」可以有不同的解釋。

第一種解釋，春風就是春風，在玉門關外是沒有春天的，春風是吹不到這裡的。既然春風吹不到，也就沒有楊柳可言了。朱之荊說：「春光不到，則無楊柳；不睹此春光楊柳，征人之愁猶未甚也。乃羌笛何須作《折楊柳》之曲，使聞者重增愁思乎？」（《增訂唐詩摘鈔》）看不到楊柳，大概還不會觸動思念的情緒。但是幽怨的笛聲傳過來，心裡的思念也瀰漫飄蕩開來。

第二種解釋，春風象徵的是皇帝的恩澤。「此詩言恩澤不及於邊塞，所謂君門遠於萬里也。」（《絕句衍義箋注》）皇帝也許已經忘記了那些還在這裡駐守邊關的人。幽怨有什麼用呢？幽怨是得不到回應的。對故鄉的思念有什麼用呢？這一生可能已經沒有回去的希望了。

《出塞》是從時間的角度來描述戰爭的殘酷，這首詩是從哪個角度呢？是從空間的角度。

「春風不度玉門關」，這裡好像被玉門關隔絕在外了一樣。玉門關把這個世界分成兩半，一邊是世俗的煙火人間，一邊是蒼茫的大漠孤煙。一個人的希望好像也被玉門關斬斷了：他和那一邊的世界再也沒有交流的可能了，他一生的終點就在這裡了。他在這裡能夠看到的，只是黃河遠上，他能看到的，只是一片孤城。僅此而已。

一忽然被擊中一

邊塞詩中一種常見的情緒就是思鄉。長年在外戍守、征戰，故鄉的一切慢慢變得模糊起來。這種狀態其實也好。很多東西想不起來了，心也麻木了，日復一日，習慣了邊塞苦寒的生活。但最怕在某個不經意的時刻，關於故鄉的記憶被喚醒，很多以為自己忘掉的東西忽然同時出現在眼前。

我們來看李益的這首《夜上受降城聞笛》：

回樂烽前沙似雪，受降城外月如霜。
不知何處吹蘆管，一夜征人盡望鄉。

「回樂烽前沙似雪，受降城外月如霜。」受降城外，霜一樣的月光照下來，沙也變白了，像雪一樣。一個白茫茫的世界。

俞陛雲說：「對蒼茫之夜月，登絕塞之孤城，沙明訝雪，月冷凝霜，是

何等悲涼之境。」(《詩境淺說》)

我們讀前面這兩句，會覺得特別靜。正是因為安靜，才能聽得清楚遠處不知道從哪裡吹來的蘆笛聲。

「不知何處吹蘆管」，好就好在「不知何處」。如果看到有一個人在月下吹蘆笛，大概會有些心理上的準備。可是這些戰士不是。因為不知何處，所以沒有提前做好心理上的準備。他們突然被那個聲音攫住，他們在沒有防備的時候被擊中了，聲音一下子打到他們的心上。

這是異鄉的音樂，這是異鄉的聲音。

我們可以清晰地看見，在月光下，眼淚從他們的臉上慢慢流下來。這個聲音提醒他們，周圍的一切自己已經漸漸習慣，已經慢慢熟悉，可是自己仍然是這裡的異鄉人。他們的家鄉在遠方。

「一夜征人盡望鄉」，這裡的「盡」用得好。李鍈說：「征人望鄉，只加一『盡』字，而征戍之苦，離鄉之久，胥包孕在內矣。」(《詩法易簡錄》)

這些征人一夜無眠，沒有一個人不往家鄉的方向看，可是看是看不到的。家鄉超過了自己目之所及的範圍。他們只能看什麼？他們最後可能只能看看天上的月亮。月亮是這些戰士唯一的安慰了，這是他們和故鄉唯一的聯繫了。

李益還有一首類似的詩，《從軍北征》：

天山雪後海風寒，橫笛遍吹行路難。
磧裡征人三十萬，一時回首月中看。

當古人看到月光的時候，他想到的可能是「天涯共此時」，可能是「千里共嬋娟」，可能是「隔千里兮共明月」，可能是「一夜鄉心五處同」。月光連接著他們和遠方。

——君莫笑，君也莫流淚——

我非常喜歡王翰的《涼州詞》，這首詩裡情感的層次是很豐富的：

葡萄美酒夜光杯，欲飲琵琶馬上催。
醉臥沙場君莫笑，古來征戰幾人回？

「葡萄美酒夜光杯」，這是講出征前的一次宴飲，詩人不說喝酒的場面如何如何，他把鏡頭聚焦在一杯酒上。酒，是葡萄美酒，杯，是夜光杯。一個局部，但是我們可以想像整個宴會的盛況。而酒這個意象和夜光杯搭配在一起，有一種璀璨但是又朦朧迷幻的感覺。我們能感受到此刻的氣氛應該是奢華的、快樂的，但是又有一種不真實感。觥籌交錯，同時也是光影迷離。這些感覺都在這七個字裡。

「欲飲琵琶馬上催」，催，是催酒的意思。宴會上有琵琶伴奏，催酒助興。剛剛舉起杯子，催酒的琵琶聲就響了起來，那就更要一飲而盡了。不光要一飲而盡，因為興致好，可能接下來連著喝了好幾杯，所以才會有下面這一句。

「醉臥沙場君莫笑」，他說見笑了啊，一口氣喝了這麼多，恐怕一會兒要醉倒在沙場上了。一會兒在戰場上醉倒，你們可千萬不要笑話我呀。他說醉倒就醉倒吧，無所謂啦，你們要笑就笑吧。你們想想，「古來征戰幾人回」，有多少人也是和我一樣，倒在戰場上了，你們看見有幾個人回來過呢？

這首詩好，好在詩人有意模仿了一個人的醉態，模仿了一個人痛飲之後和周圍的人開玩笑的口吻。施補華說這首詩「作悲傷語讀便淺，作諧謔語讀便妙」（《峴傭說詩》）。這是很有見識的評價。一個喝得大醉的人搖搖晃晃地說了這麼一句醉話。聽起來甚至有些好笑。因為這和出征的那種緊張的氣氛不協調。他好像一個小丑，周圍的人聽到他講「醉臥沙場君莫笑」，估計也會哄堂大笑吧。

但是諧謔的下面是什麼，笑的背後是什麼，等到聽到「古來征戰幾人回」

的時候，空氣大概會安靜那麼幾秒鐘吧。熱鬧的氣氛一下子凝固了，空氣冷下來。其實沒有人在這場宴會上真的喝醉吧。大家都知道自己一會兒要面對的是什麼，只是心照不宣而已。

悲傷其實是掩藏在一句笑話下面的。不是真的「醉臥」，只怕是有去無回。戰爭的真相就是這樣，不是嗎？沈德潛說：「故作豪飲之詞，然悲感已極。」（《重訂唐詩別裁集》）「故作」說得好。有些話，其實都是裝出來的。我想詩裡面的主人公其實是想醉倒的，醉倒了就什麼都不用想了，就可以忘掉眼前的一切了。黃叔燦說：「淒然心事，正欲借醉臥而忘，而又不得，悲哉！」（《唐詩箋注》）想醉卻醉不了，想忘也忘不掉，一句笑話的下面是一句戰爭的真相，快樂的底色是悲涼。

我不知道唐代的葡萄酒是什麼顏色。如果也是深紅色，那麼一個喝得酩酊大醉倒臥在地上的將士，是不是和在疆場上戰死的將士在直觀上看起來沒什麼不一樣？在這首詩裡，人生的極樂和人生的大悲涼隔得很近。醉倒的造型和死亡的造型也非常相似。

他心裡是很清楚的，上了戰場要面對什麼。但是能怎麼樣呢？生命中很多事情是不受自己左右的。他能把握住的是什麼？他能做的是什麼？大概只剩下喝酒這件事了。所以就再多喝幾口吧。即便醉不了、忘不掉，至少酒是好的，可能這輩子再也喝不到這麼好的酒了。俞陛雲說：「此於百死中，姑縱片時之樂，語尤沉痛。」（《詩境淺說》）生命是短暫的、脆弱的、易逝的，尤其是在這樣的生死關頭。那就不如再多享受一點快樂吧。

所以其實我們讀下來，這首詩裡的情緒非常複雜。有想要喝酒忘憂的渴望，有忘不掉的悲涼，有及時行樂的無奈，有裝出來的豪邁和戲謔……

這些情緒混雜在一起，我們真假難辨。

一戰爭與「她們」有關一

曹松說：「一將功成萬骨枯。」（《己亥歲二首・其一》）對於每個人來講，戰爭的意義是不一樣的。對於想要封侯的將領，戰爭對他們來講可能是一個機會，戰爭勝利對他們來講是一個功勳，是一份榮耀。可是對那些在沙場上拚死的戰士來講，戰爭意味著什麼？也許意味著被遺忘，被他們效忠的人所遺忘。

他們是壘築功勳的一分子，但他們也只是眾多數字當中的一個。

但有人不會忘記他們，那就是他們的家人，每天期盼著他們回來的家人。

我們要把視角從沙場上轉移到閨房中來。戰爭其實割裂了很多家庭，很多夫妻這一輩子可能就沒有機會再見了。閨怨詩在唐詩中是很重要的一類，而閨怨詩裡，征人婦又是很常見的形象。我們來讀幾首這樣的詩，從另外一個角度來看戰爭。

戰爭其實不只和「他們」有關，也和「她們」有關。

先來看陳陶的《水調詞》：

長夜孤眠倦錦衾，秦樓霜月苦邊心。
征衣一倍裝綿厚，猶慮交河雪凍深。

這裡寫了一個思念自己丈夫的女子，晚上睡不著覺。又是一個只有自己的夜晚。

她在月光下能做什麼呢？她能做的，就是用自己僅有的能力，去表達對丈夫的關心。給丈夫做的衣服，她想再加一些絲綿進去。

可即便是又加了一倍的絲綿進去，她也還是怕丈夫在那裡會凍著。

王駕的《古意》表達的也是妻子對丈夫的關切。「一行書信千行淚，寒到君邊衣到無。」你那邊已經冷了，我給你寄的衣服到了沒有？

黃叔燦評價這首《古意》的時候說：「情到真處，不假雕琢，自成至文。且無一字可易，幾於天籟矣。」(《唐詩箋註》)

這兩首詩寫得很華麗嗎？沒有。用了什麼生僻的典故和難懂的字詞嗎？也沒有。寫的只是普通人的感情。

但是普通人真摯的感情，就已經可以成為一首詩了。詩有時候和學問無關，和真誠有關，和情有關。

如果能做一個深情的人，我想你就已經是一個詩人了，你就已經活成了一首詩。

最後我們來看陳陶的《隴西行四首・其二》，用這首詩做一個總結：

誓掃匈奴不顧身，五千貂錦喪胡塵。
可憐無定河邊骨，猶是春閨夢裡人。

這首詩涉及這一講談到的兩個空間，一個是沙場，一個是閨房。「誓掃匈奴不顧身」，我們可以想像當時出征的畫面。大家出征前盟誓，「黃沙百戰穿金甲，不破樓蘭終不還」（王昌齡《從軍行七首・其四》）。但是很快，到了第二句，「五千貂錦喪胡塵」，將士們一個一個倒下去了。貂錦，象徵著精銳的部隊。第一句是向上的，但是第二句很重地落下來。

接下來鏡頭一轉，從沙場轉到閨房，寫這個女孩子做的夢。閨怨詩裡經常會寫到夢，大部分的夢都是美夢，我們來讀幾首。比如金昌緒的《春怨》：

打起黃鶯兒，莫教枝上啼。
啼時驚妾夢，不得到遼西。

詩人前面不講，最後通過「遼西」這兩個字告訴我們她夢到了什麼。她丈夫在邊關，戍守在遼西。她在現實中見不到丈夫，只能在夢裡見他一回。可是好不容易見他一回，黃鶯卻把她給吵醒了。

再比如張仲素的《春閨思》：

嫋嫋城邊柳，青青陌上桑。
提籠忘采葉，昨夜夢漁陽。

和她一起出去的女伴們都在採桑葉，但是她手裡提著籠子，呆呆站著不動。她在想什麼呢？她在想她昨天晚上做的夢。這裡的「漁陽」，和上面的「遼西」一樣，都是提示我們夢的內容，都是和遠在邊地的丈夫有關。

張仲素還有一首《秋閨思二首．其一》：

碧窗斜日藹深暉，愁聽寒螿淚濕衣。
夢裡分明見關塞，不知何路向金微。

夢裡明明見到了，可是醒來發現是夢。《隴西行四首．其二》裡的這個女孩子做的也是一個美夢。她沒有從夢裡醒來。即便是醒來了，這個夢也還是可以成為她的安慰。她想想夢裡的畫面，就還有希望，就還能盼著丈夫回來。

但是在這個美夢之外，有詩人的畫外音。她夢見的是人，在現實中怎麼樣呢？人已經變成一堆白骨。

閨房和沙場，兩個場景，一邊是睡夢裡露出的淺笑，另外一邊是人跡罕至的荒涼，就像電影裡兩個鏡頭剪在一起，我們會感受到一種心酸。

沈彬的《弔邊人》和陳陶這首詩的寫法類似：

殺聲沉後野風悲，漢月高時望不歸。
白骨已枯沙上草，家人猶自寄寒衣。

他在戰爭中死掉了，他的屍體已經化成了一堆白骨，他的白骨上長滿荒草，現在這些荒草都枯萎了。可是他家裡人並不知道。「家人猶自寄寒衣」，還在給他寄衣服。這其實對他家人來講是幸福的。「少婦不知歸不得，朝朝應上望夫山。」（盧汝弼《和李秀才邊庭四時怨・其一》）

我們講了好多個夢，遼西的夢，漁陽的夢……對她們來說，還可以做著丈夫歸來的夢，生活就總還是有一點盼頭。

可是，明月何時照君還？

第四講
等待與歎息

上一講通過「戰爭」這個話題，聊到了閨怨詩。閨怨詩是寫女性的怨。但是我們上一講選的詩裡面，「怨」的成分並不多。其實主要是思念和關切。

這一講我們談宮怨詩。嚴格來說，宮怨詩其實是閨怨詩的一種。宮怨詩也是寫女性，寫的是深宮裡被遺棄、被忘記的女性。但是宮怨詩和閨怨詩的差別其實比較大，不只是表面上「怨」的濃烈程度，還有詩人的寫作意圖也都不太相同。我們結合具體的作品來看。

三個女人的故事

我先講三個故事，它們發生在漢代，都和女性有關，也和皇帝有關。

第一個故事的主人公叫陳阿嬌。漢武帝劉徹還是少年的時候，他的姑母長公主劉嫖把他抱在膝上。長公主說：「想娶老婆嗎？」劉徹說：「想。」長公主指著家裡的女孩子說：「喜歡哪一個呢？」劉徹一個一個看過去，都說不好。

長公主最後指著自己的女兒說：「你看阿嬌好不好呀？」劉徹一看，高興壞了。劉徹說：「哎呀，要是將來能娶到阿嬌姐姐做我妻子，我一定要給她造一座金屋，讓她住在裡面。」這就是歷史上有名的「金屋藏嬌」的故事。這個故事最早記載在《漢武故事》裡，可信度不是很高。

後來劉徹當皇帝了，阿嬌就成了皇后。《漢書·外戚傳》記載：「及帝即位，立為皇后，擅寵驕貴，十餘年而無子，聞衛子夫得幸，幾死者數焉。」陳皇后慢慢被冷落了，一來她自己恃寵而驕，二來她膝下沒有子嗣，三來皇帝開始寵幸衛子夫。

在這種情況下，她想重新奪回皇帝的心。她想了一個什麼辦法呢？她請人來作法，使用「媚道」，利用巫術詛咒後宮其他女性，希望這樣能奪回漢武帝對她的寵愛。

結果事發了。事發以後漢武帝很生氣，他把陳皇后趕到長門宮，讓她永遠不要回來了。後來長門宮就成為一個符號，一個被拋棄、被冷落的符號。

但是陳皇后還沒有完全灰心。她找到整個大漢帝國最會寫文章的人——司馬相如。她拿出黃金百斤給司馬相如，讓司馬相如替她寫一篇文章。於是司馬相如就寫了一篇賦，這就是歷史上很有名的《長門賦》。這篇賦寫得很華麗、很動人、很曲折，寫她晚上如何如何睡不著覺，如何如何思念皇上，如何如何地哀傷、孤獨。

昭明太子蕭統的《文選》最早收錄了這篇賦。這篇賦前面還有一個小序，記錄了寫作的原因：

> 孝武皇帝陳皇后，時得幸，頗妒，別在長門宮，愁悶悲思。聞蜀郡成都司馬相如，天下工為文，奉黃金百斤，為相如、文君取酒，因於解悲愁之辭。而相如為文以悟主上，陳皇后復得親幸。

按照序裡的說法，陳皇后因為這篇文章，重新獲得了漢武帝的寵幸。但是具體的事實是什麼樣的呢？史書上沒有明確的記載。

我們再來看第二個女人的故事。

第二個女人長得很漂亮，但是皇帝不知道她漂亮。這個人就是王昭君。為什麼皇帝不知道她漂亮？皇帝可以選擇很多不同的女性，因為太多了，他選不過來。怎麼辦呢？他找畫師給後宮的每一個女人畫像，每天拿出這些畫像來挑選。

於是，後宮裡的女性為了獲得皇帝的寵愛，紛紛去賄賂畫師。

但是王昭君對自己的長相比較自信。她從來不去賄賂畫師。畫師就把她畫得比較醜。她也從來沒有得到皇帝的召見。

後來匈奴過來和親。漢元帝就從後宮的女人中挑選了一個嫁到匈奴去。挑中的那個人就是王昭君。

結果漢元帝一看到王昭君，後悔了。但是後悔也沒辦法，已經答應了匈奴，不能改了。

當然了，這個故事裡有很多虛構的成分。《漢書》是正史，但是裡面對王昭君的記載非常少。在《漢書》裡，王昭君僅僅是作為一個與匈奴和親的人物出現的。

唐代的詩人們在使用昭君這個典故的時候，實際上並不是僅僅依照《漢書》裡的一點記載來進行創作的。他們吸收了很多前代筆記小說、野史雜錄裡和王昭君有關的故事。

和王昭君聯繫在一起的一個地名叫作青塚。王昭君死了之後，就葬在今天內蒙古。傳說當地的草都是白色的，可能因為氣候比較寒冷。但只有王昭君的墓上，年年長的都是青草，所以叫青塚。杜甫寫過一組《詠懷古跡》，其中一首是寫王昭君的：「一去紫臺連朔漠，獨留青塚向黃昏。」

第三個女人，是漢成帝的妃子班婕妤。她很漂亮，而且很賢慧。《漢書》記載，有一次，漢成帝到後宮，他讓班婕妤和他一起坐在輦上。但是班婕妤拒絕了。她說：「我看古代的畫像，賢君身邊坐著的都是有才能的大臣，只有那些昏庸的君主身邊坐著的才是他們喜愛的妃嬪。現在皇上讓我坐在輦上，是想效仿他們嗎？」漢成帝覺得她說得很對，就作罷了。

因為這件事，班婕妤得到了太后的稱讚。這就是所謂的「卻輦之德」。

後來漢成帝認識了一對姊妹，姊姊叫趙飛燕，妹妹叫趙合德。趙飛燕，人如其名，身輕如燕，能在人的手掌上跳舞。當然這裡也有傳說的成分。她們姊妹倆受到了漢成帝的寵愛。但是有寵愛的，就有被冷落的。後宮非常複雜。趙飛燕為了排擠皇后，誣陷皇后和班婕妤「挾媚道，祝詛後宮，詈及主上」（《漢書．外戚傳》）。結果皇帝聽信了，皇后就被廢掉。

這個事情牽連到班婕妤。拷問班婕妤的時候，班婕妤回答說：「如果鬼神有知，我這麼做是大逆不道的行為，鬼神不會聽。如果鬼神無知，向它們禱告詛咒其他人又有什麼用呢？」

漢成帝聽了，赦免了班婕妤，還賞賜她黃金百斤。

但是這件事以後，班婕妤感受到了危險的信號。她怕遲早有一天自己會受到趙飛燕和趙合德的陷害。於是為了保全自己，她主動說要到長信宮去侍奉太后。

班婕妤寫過一首詩，叫《怨歌行》，也叫《團扇詩》。秋風一起，天就涼了。天涼了，扇子就沒有用了。「常恐秋節至，涼飆奪炎熱。棄捐篋笥中，恩情中道絕。」班婕妤用被人遺棄的扇子，來寫她自己。

和她相關聯的有兩個地名。一個是長信宮，住在長信宮意味著被冷落。另外一個是昭陽殿。昭陽殿是趙飛燕和趙合德姊妹住的地方。昭陽殿，象徵的是榮耀和寵愛。

有了上面三個故事作為基礎，我們再來讀宮怨詩，就變得容易多了。你會發現，長門、長信、昭陽這些地名在唐代的宮怨詩裡反覆出現，通過各種方式組合在一起。而陳皇后、王昭君、班婕妤，則是宮怨詩裡出現最多的三個人物。

一壓在心底的「怨」一

我們上一講說過，王昌齡的七言絕句寫得好，而且擅長寫邊塞詩。除了邊塞詩，他的閨怨詩、宮怨詩還有送別詩也都寫得很好。我們來讀他的這首《長信秋詞五首・其三》：

奉帚平明金殿開，暫將團扇共徘徊。
玉顏不及寒鴉色，猶帶昭陽日影來。

「奉帚平明金殿開」，奉就是捧，捧著笤帚。平明，大早上太陽剛剛出來。早上金殿一開，班婕妤就拿著笤帚開始掃地了。但是她以前不需要做這些的。她以前地有人掃，茶有人端，水有人送，還有人給她扇風。但是她現在要掃地。這裡寫一個人被冷落的狀態。

她一笤帚一笤帚把地上的塵土掃起來。她也好像地上的塵埃一樣。

「暫將團扇共徘徊」，王昌齡不是在寫團扇，他在寫這個被遺忘的人。為什麼是「暫將」？因為已經到秋天了。秋風一起，團扇就沒有用了，所以只能暫時拿著它。她走來走去，四顧徘徊，無所依憑。她想，你馬上就要沒有用了，我也和你一樣沒有用了，所以「暫將團扇共徘徊」。這裡用的是我們上面講過的典故，班婕妤寫的那首《團扇詩》。

我們可以在字裡行間讀出失落、悵惘，但是王昌齡沒有把這些情緒放在文字表面。

「玉顏不及寒鴉色」，寒鴉就是秋天的烏鴉。玉顏就是像玉一樣的美貌。玉是晶瑩的、透明的，形容這個人很漂亮。可是她這麼漂亮的一個人，卻比不上一隻烏鴉。這個對比很強烈。為什麼她會比不上這隻烏鴉呢？

因為牠「猶帶昭陽日影來」。

因為牠是從昭陽殿飛過來的，因為牠尚且能感受到昭陽殿日光的照耀。

這裡的日光，當然不僅僅是說太陽的光了，就像「春風不度玉門關」裡的春風，是說什麼呢？皇帝的恩澤。

不是她不夠漂亮，不是她的身分不夠高貴。那是什麼讓她覺得自己連一隻烏鴉都比不上呢？是她覺得自己已經失去了皇帝的寵愛。

王昌齡沒有一句寫她的怨，她的不甘，她的不平和委屈。他寫的是什麼？他寫的是一個美麗的女子，比不上一隻醜陋的烏鴉。這首詩停在這裡，但是給我們很強烈的觸動。

這首詩的怨是壓在文字下面的，是壓在這個女性心底的。我們甚至能體會到她一次一次把心裡的怨強按下去的努力。

她看著烏鴉從昭陽殿的方向飛來，心裡百感交集。

戴叔倫的《昭君詞》和這首《長信秋詞五首．其三》寫法類似：

漢家宮闕夢中歸，幾度氈房淚濕衣。
惆悵不如邊雁影，秋風猶得向南飛。

這裡寫的是出塞和親的王昭君。為什麼自己「不如邊雁影」呢？因為它們到了秋天，還可以向南飛。而自己這一生卻再也沒有機會回去了。「惆悵不如邊雁影」和「玉顏不及寒鴉色」一樣，用的都是對比。人和鳥，毫無可比性，但是放在一起，寫人連一隻鳥都不如，可以想見人的艱難處境。

一透明的夜晚一

我們來看一首李白的《玉階怨》。在李白之前，還有一個人寫過一首《玉階怨》，那個人叫謝朓。

李白有很多喜歡的詩人。比方說孟浩然，他說：「吾愛孟夫子，風流天下聞。紅顏棄軒冕，白首臥松雲。」（《贈孟浩然》）

李白還很崇拜一個詩人，就是謝朓。李白動不動就在詩裡面提到謝朓。「蓬萊文章建安骨，中間小謝又清發。」（《宣州謝朓樓餞別校書叔雲》）小謝，指的就是謝朓。他還寫「解道澄江淨如練，令人長憶謝玄暉」（《金陵城西樓月下吟》）。謝玄暉，也就是謝朓。

當一個人不斷地提到另外一個人的時候，他在幹麼？他其實在表達自己的崇敬之情。

但是美國的文學批評家哈洛・卜倫（Harold Bloom）提出一個概念——影響的焦慮。什麼叫影響的焦慮呢？我們今天作為一個普通讀者去讀一首詩、一部小說，不會有什麼焦慮。但如果你立志成為一個小說家、一個詩人，當你去閱讀前人的作品，你不會那麼輕鬆的。你會感受到一種焦慮：他怎麼寫得那麼好？我如果超不過他的話，我就完蛋了，文學史上可能不會留下我的名字。

如果一個學習寫作的人把一篇作品寫完，從頭讀一遍，但是發現自己寫的和某個作家很像，這個時候他會感到非常沮喪。有一個莎士比亞在前面了，就不需要再有一個和他寫得一樣的作家出現了。

作家們也許會不斷感受到影響的焦慮。對他們來說一首一首的詩，不是一首一首的詩，而是一座又一座的高山。只有把它們翻過去之後，自己才能夠在歷史上留下屬於自己的印記，才能夠在巨大的文學坐標中找到屬於自己的位置。

所以很多時候，寫作是一件痛苦的事。詩人、小說家要承擔的東西太多了，要拿很多東西去交換。寫好一句詩，你需要承受很多你無法承受的痛苦。

李白在讀謝朓的詩的時候，會不會也會有一種影響的焦慮呢？我不知道。我也不知道他讀到謝朓的《玉階怨》會不會想著自己寫一首同樣的詩來超過謝朓。我這裡只是把兩首詩放在一起做個比較。

我們先來看謝朓寫的《玉階怨》：

夕殿下珠簾，流螢飛復息。
長夜縫羅衣，思君此何極。

這是一首好詩。前三句寫得很好。晚上把珠簾放下來了，一隻一隻的螢火蟲在飛。它們飛累了就停在那裡，說明夜已經很深了。詩裡的主人公在這個夜裡面幹什麼呢？她在縫羅衣，一邊縫衣服，一邊思念自己心裡的人。

最後一句，「思君此何極」，謝朓把「思」說出來了。說出來，就不是好詩了。詩其實不在乎你聲音的高低，不在乎你多用力。我很想你，我特別想你，我非常想你。這些其實都沒有力量。這些只是語言的重複，只是詞語的累積。詞語的簡單疊加是對情感的稀釋。

我們再來看李白寫的《玉階怨》：

玉階生白露，夜久侵羅襪。
卻下水晶簾，玲瓏望秋月。

玉階是宮中的臺階。「玉階生白露」，好就好在「生」這個字。生意味著從無到有。時間過去了，夜深了，天變得愈來愈涼了，空氣凝結成水珠，就成了白露。

李白告訴你，她在這裡站了很長時間了。

「夜久侵羅襪」，李白用了一個很重要的動詞，侵。侵，是侵犯的侵，是侵占的侵。有時候我們讀詩，就是在一個一個字之間、一個一個詞之間咀嚼。文學，藝術，往往就在毫末之間。有時候你讀這首詩，就好像吃一顆橄欖一樣。一開始也許會覺得很苦很澀，但是嚼到後面，會有回甘。

我把「侵」換成「濕」，表達的意思是一樣的。夜久濕羅襪，也可以。但是「侵」好在哪裡？侵是一個動詞，它有一個方向，是這個世界在向她發動攻擊。這個寒冷的夜在攻擊她，在攻擊一個脆弱的人，而這個人沒有絲毫還手之力。

她終於要回去了。她把水晶簾放下來了。放下水晶簾意味著要休息了，意味著她放下了希望，意味著今天晚上她已經不再有任何期待了。

但是她沒有完全地放下。李白寫她回過頭的那個瞬間——「玲瓏望秋月」。她放不下，她還要回頭去看，哪怕還有一點點希望。

但是她看到的是什麼？只有月亮。只有月亮在晚上陪伴著自己。

玲瓏指的是晶瑩剔透的感覺。玲瓏本來是形容月光的，月光是晶瑩剔透的，正常的語序是「望玲瓏秋月」。但是李白把「玲瓏」和「秋月」一分開之後，它就不只是在形容月光了。

我們再把這首詩讀一遍，就會發現，玉階是玲瓏的，白露也是玲瓏的，水晶簾是玲瓏的，透過水晶簾看到的月光，也是玲瓏的。大概還有這個女孩子的眼淚吧，淚水也是玲瓏的。她透過眼淚，看見了一個玲瓏的世界。

李白不寫她長什麼樣子，他也不寫她穿著什麼樣的衣服，但是李白寫出了一種美麗的必然。

她也是玲瓏的，她是晶瑩剔透的，但同時我們知道，她是脆弱的。

她的思念在無人陪伴的夜晚面前，一敗塗地。

這首詩沒有一句寫怨，沒有一句寫失望。李白只是在寫動作，她站在這裡，她轉身，卻又回頭。

李白寫了一個透明的夜晚。

—流螢與星光—

我們再來看杜牧的《秋夕》：

銀燭秋光冷畫屏，輕羅小扇撲流螢。
天階夜色涼如水，坐看牽牛織女星。

這首詩也是寫在宮裡的一個女孩子，但是這個女孩子很輕盈，很青春，蹦蹦跳跳的。

這首詩一開始寫的是屋子裡面，「銀燭秋光冷畫屏」。從屋子裡面出來之後，「輕羅小扇撲流螢」。她看到流螢，去撲它。她是動態的，她在不斷地走，從這裡走到那裡。

她不像《玉階怨》裡的女孩子，長久地佇立在那裡。李白《玉階怨》裡寫到的那個女性停在臺階上，時間在她身上也停住了，時間好像不會往前走一樣。她心裡的情緒也停住了，是一種凝結的狀態。

但是《秋夕》裡的女孩子顯然很輕盈，她的情緒是飄散的。她沒有那麼多怨，更多的是落寞。當她看到天上的牛郎織女星的時候，她　下子落寞了。她想牛郎織女一年見一次面，比我要好。我在深宮之中，一輩子出不去。她想牛郎織女是神仙，可是即便他們是凡人，過著男耕女織生活的平凡人，也比我要好。能擁有平凡的愛情好像也不錯。

可是她能擁有什麼？她能期望的不過是將來有一天會受到君主寵幸。可是那是憐憫，是居高臨下。對她來講，那些東西沒有那麼誘人，沒有那麼讓她期待。

所以她就坐在這裡，看著天上的牽牛織女星。她想，他們一年見一次也很好。

這首詩寫得很冷，畫屏是冷的，夜也是冷的，冷得像水，就好像她現在無望的生活一樣。她被囚禁在深宮當中，過著一種無望的生活。對她而言，整個生活是冷的。

但是在無望的生活裡面，在如水一般涼的夜裡面，杜牧寫到了一點點的光。這個光是銀燭發出來的燭光，這個光是流螢發出來的螢光，這個光是天上的星星發出來的星光。

在這樣的暗夜當中，還有星星點點、閃閃爍爍的光，好像給無望的生活增添了一絲希望。

生活無聊而無望

我選的詩大都比較短，用不了太多時間去讀。我有時候覺得讀詩是讀什麼呢，讀詩大概不全是讀思想感情，也不全是讀藝術手法，思想內涵什麼的也沒有那麼重要。

讀詩可能只是我們用一兩分鐘的時間，讓自己從繁雜的世界中暫時脫離出來。

我們活在這個世界上，有時候會覺得累，這個世界給我們的負擔很多。

但是能拿出一兩分鐘的時間讀一首詩，能獲得一兩分鐘的自由，我覺得這就足夠了。

我們來看元稹的《行宮》：

寥落古行宮，宮花寂寞紅。
白頭宮女在，閒坐說玄宗。

這首詩裡處處是對比。

「寥落古行宮」，唐玄宗當初經常來的行宮，現在已經寥落了。歷史荒蕪了，王朝衰敗了。可是「宮花寂寞紅」。這是我們在講懷古詩的時候講到的「草木無情」模式。花還那麼鮮豔地開著。它的鮮豔和寥落的行宮，形成鮮明的對照。

「無情最是臺城柳」，橋邊紅藥為誰生？花在這裡開著，但是沒有人來欣賞。

可是宮花又不只是單純和行宮形成對比。下面說「白頭宮女在」。這兩個顏色放在一起，是很強烈的反差。白頭宮女曾經也像宮花一樣，她們也有過青春，她們也曾經是鮮豔欲滴的花，她們也有過自己的期待，也有過對生活的嚮往。

可是她們現在成了什麼？白頭宮女。這一生就結束在這裡了。

這是在怨嗎？我覺得已經超越了怨的層次。這已經不是一首宮怨詩了。詩裡面的主人公已經不像《玉階怨》裡面的女孩子那麼怨了。

這首詩很短，但是有一個字重複了很多次。「行宮」，「宮花」，「宮女」，這個「宮」一直在重複，好像在刻意提醒我們什麼。讀來讀去，我們甩不掉這個「宮」。宮女們走來走去，也逃不出這個「宮」。

其實你會發現，宮女們的生命是附著在這個「宮」上的。或者說，這個「宮」就像一個牢籠，囚禁了宮女們的一生。她們的青春和這個「宮」有關。她們所有的記憶都和「宮」有關。

宮女們最後在這裡，「閒坐說玄宗」。這一句裡隱含的資訊很豐富。玄宗，本來是君主，他是一個權威的存在，哪能隨隨便便去談論他。當我可以隨便談論的時候，說明他的權威已經不在了，說明他已經逝去了，說明我已經可以隨便談論這段過往的歷史了，說明歷史已經寥落了。李鍈說：「凡盛時既過，當時之人無一存者，其感人猶淺；當時之人尚有存者，則感人更深。」（《詩法易簡錄》）宮女們是那段歷史的遺物。這是第一層。

「說玄宗」都說些什麼？可能是唐玄宗和楊貴妃的往事。這些我們都不知道。這裡給我們豐富的聯想。她們可能談的是一些不為人知的祕密。但是這些事情不只和玄宗有關，也和她們自己有關。她們是歷史的親歷者。她們談論的是一個已經死掉的君主嗎？她們談論的是自己的似水年華。這是第二層。

最後一層，這是她們現在生活的常態了。她們只能靠著回憶，靠著講一些往事來度日，來打發時光。生活是無聊而又無望的。到最後，這首詩變成了什麼？變成了一聲歎息。

不再有怨，不再有期待，不再有恨，只是一聲歎息。

棄婦與逐臣：性別的置換

如果我們讀的宮怨詩比較多，慢慢就會發現，唐代詩人們的藝術創造力並不像我們想的那麼了不起。我上面選的這幾首其實屬於「非典型宮怨詩」。正是因為「非典型」，因為沒有那麼「像」宮怨，才使它們獲得了某種藝術的生命力。

但是在唐代詩人創作的大部分宮怨詩裡，幾乎只有一種女性形象。寫來寫去，總是這樣：不被君王寵幸，晚上睡不著覺，一個人流淚，心裡面充滿了幽怨。我再來舉幾個例子。比如王昌齡的《長信秋詞五首．其一》：

金井梧桐秋葉黃，珠簾不卷夜來霜。
熏籠玉枕無顏色，臥聽南宮清漏長。

漏，是古代皇宮計時的工具。一個銅壺下面有一個小孔，壺裡面有水，有標著刻度的銅箭。水一滴一滴漏下去，露出的刻度就是時間。晚上睡不著啊，為什麼呢？「熏籠玉枕無顏色」。要是皇帝在，那這些熏籠、玉枕就全都有顏色了。睡不著幹麼呢？「臥聽南宮清漏長」，聽水一滴一滴落下去，聽時間一點一點從夜裡流走。

再比如李益的《宮怨》：

露濕晴花春殿香，月明歌吹在昭陽。
似將海水添宮漏，共滴長門一夜長。

我們會發現都是一樣的，只不過李益的寫法很新穎。漏怎麼滴不完呢？好像添了海水一樣，永遠滴不完，好像時間永遠無法乾涸。對這個女性來說，這是心理上的感受，夜太漫長了。

我們再來看這首白居易的《後宮詞》：

淚盡羅巾夢不成，夜深前殿按歌聲。
紅顏未老恩先斷，斜倚熏籠坐到明。

一個人也就罷了，關鍵是「夜深前殿按歌聲」，這裡冷清和熱鬧的對比一下子就出來了。像朱自清在《荷塘月色》裡寫的：「但熱鬧是它們的，我什麼也沒有。」前殿愈熱鬧，自己就愈睡不著。又一個不眠的晚上，只能「斜倚熏籠坐到明」了。

還有劉皂的《長門怨三首．其二》：

宮殿沉沉月欲分，昭陽更漏不堪聞。
珊瑚枕上千行淚，不是思君是恨君。

我們講到這裡，你對這首詩裡的意象應該覺得非常熟悉了。「昭陽」、「更漏」、「枕上千行淚」……這首詩裡的感情要更強烈一點，「不是忠君是恨君」。

你發現問題在哪裡呢？所有的女性形象都是一樣的。我們要追問了，為什麼呢？為什麼寫來寫去都是這樣的呢？難道沒有別的可能了嗎？

這裡面其實隱藏著一個性別的問題。宮怨詩的背後是一個性別的視角。為什麼女性只能是這樣的形象？為什麼女性只能怨？這就是男性的視角。這些詩是用非常典型的男性視角寫的。

在這些晚上睡不著覺的女性背後，充滿著男性的凝視。男性只塑造出這樣一種女性形象。這裡面是一個權力的問題，是古代男性對於女性性別上的壓制。男性占據著文化的控制權，筆在他們手裡，語言在他們手裡，因此女性是「被書寫」、「被塑造」的。在宮怨詩裡，女性價值的最高實現方式，是得到君主的寵幸。而一旦無法得到，她們就無所適從，就夜不能寐。這裡面其實充滿了男性的想像，而女性在這裡是沒有辦法發出自己的聲音的。

但是我們再深入一層，更重要的問題是什麼呢？你會發現，詩人們不是不會寫「另一種」女性。詩人們反覆地書寫同一種形象，其實是一種有意的選擇。

我們如果聯繫到中國古代的文化傳統就會發現，在傳統文化的語境裡，棄婦和逐臣是一對可以相互替換的同義詞。當然，我不否認，有時候詩人寫宮怨詩，的確是表達自己對宮裡女性的同情。但很多時候，詩人們並不是在寫不被君王寵幸的女性，他們只是在寫懷才不遇的自己。他們借這個題材，來表達自己的怨，表達自己不被君王任用的哀怨與不滿。

但是「不遇」其實是古代男性的常態，所謂「虛負凌雲萬丈才，一生襟抱未曾開」（崔玨《哭李商隱．其二》）。像宮怨詩裡的這些女性一樣，他們也曾等待過屬於自己的機會，然而遺憾的是，這些等待最後也都化為了一聲歎息。

第五講
愛與被愛的

我們先梳理一下之前講過的內容。第一講其實談到的是唐代詩人，也不只是唐代，是中國古代詩人對於生命本質的理解，也是他們創作的一個動力，就是對無常的認識。第二講是在第一講的基礎上，從個人的物是人非擴大到歷史的滄海桑田，重點談論的題材是懷古詩。我們講到了有限的個體在面對永恆的、無限的自然宇宙的時候會產生的失落、惆悵。這種情緒其實貫穿在整個中國文學史裡。第三講討論的是詩人如何書寫戰爭，講了邊塞詩、閨怨詩，等等。我們既看到了戰爭中的「他們」，也看到了戰爭中的「她們」。第四講我們由閨怨詩延伸到了宮怨詩，看到了無數個不眠夜晚裡的等待，也聽到了歎息的聲音。

這一講我們討論唐詩中的愛情，下一講我們討論友情。朱光潛先生說：「戀愛在從前的中國實在沒有現代中國人所想的那樣重要。中國敘人倫的詩，通盤計算，關於友朋交誼的比關於男女戀愛的還要多，在許多詩人的集中，贈答酬唱的作品，往往占其大半。」（《中西詩在情趣上的比較》）雖然的確是這樣，但我還是選擇把愛情放在友情之前來講。

一相逢在水上一

我們先來讀一首崔顥的詩。

崔顥的詩寫得很好，在唐代也很有名，但是人品比較差。《新唐書》裡說他「有文無行」。他喜歡喝酒，愛好賭博，換老婆換得很頻繁。他娶老婆唯一的標準就是長相。他喜新厭舊，娶回來過幾天看膩了，立馬換掉。《新唐書》裡說他：「娶妻唯擇美者，俄又棄之，凡四五娶。」

他的詩風呢，前後也發生了一些變化。殷璠的《河岳英靈集》裡說：「顥年少為詩，名陷輕薄，晚節忽變常體，風骨凜然，一窺塞垣，說盡戎旅。」

崔顥人生最大的成就，可能就是去了一趟黃鶴樓，寫了一首名為《黃鶴樓》的詩：

昔人已乘黃鶴去，此地空餘黃鶴樓。
黃鶴一去不復返，白雲千載空悠悠。

晴川歷歷漢陽樹，芳草萋萋鸚鵡洲。
日暮鄉關何處是？煙波江上使人愁。

這大概是他被後人記得最多的詩了。很多人認為《黃鶴樓》是唐代七律裡寫得最好的一首。

李白有一次來到黃鶴樓。他本來也想寫一首關於黃鶴樓的詩，但是他寫不了。他說：「眼前有景道不得，崔顥題詩在上頭。」但是李白又不甘心，怎麼有人能寫得這麼好。他後來跑到金陵，登上鳳凰臺，寫了一首和《黃鶴樓》差不多的詩，叫《登金陵鳳凰臺》：

鳳凰臺上鳳凰遊，鳳去臺空江自流。
吳宮花草埋幽徑，晉代衣冠成古丘。
三山半落青天外，二水中分白鷺洲。
總為浮雲能蔽日，長安不見使人愁。

我們會發現兩首詩的結構、情感其實非常像。

下面我們來看崔顥的《長干曲四首·其一》：

君家何處住，妾住在橫塘。
停船暫借問，或恐是同鄉。

「君家何處住，妾住在橫塘。」讀這一句，我們好像聽到一個小姑娘站在面前，大聲地問：

「君家何處住？」

她在河裡划船，聽到有人在講話，抬頭一看，面前是一個男子，她於是就把船停下來了。她說你家是哪裡的呀？

但是這麼問又顯得自己很唐突。一個女孩子，哪能隨隨便便問人家的家是哪裡的呢？所以她接下來就要掩飾了。

「妾住在橫塘。停船暫借問，或恐是同鄉。」其實本來應該等一等的，等人家回答呀。但是她迫不及待地把這些話說出來，試圖來掩飾自己內心的想法。朱之荊說：「次句不待答，亦不待問，而竟自述，想見情急。」(《增訂唐詩摘鈔》)

她說我家就住在這兒。你不要多想，我停下來問一問，只是聽你的口音覺得熟悉，也許咱們倆是老鄉呢！

我們可以感受到她微妙的心理。

我讀到這首詩的時候，腦子裡會不自覺地浮現出一些小說中的女性形象。比方說沈從文《邊城》裡的翠翠，比方說汪曾祺《受戒》裡的小英子。

我很喜歡《受戒》這篇小說。汪曾祺這篇小說講一個什麼故事呢？其實情節很簡單。男主人公叫明海，要去受戒，就是在腦袋上燒戒疤。受了戒，相當於領了一個當和尚的資格證，以後才有機會當方丈。在《受戒》這個小說裡，和尚就是一份職業。汪曾祺說：「就像有的地方出劁豬的，有的地方出織席子的，有的地方出箍桶的，有的地方出彈棉花的，有的地方出畫匠，有的地方出婊子，他的家鄉出和尚。」（《受戒》）當和尚，就相當於找了一份工作。

女主人公小英子喜歡明海。但其實兩個人都是那種朦朧的、模糊的狀態。明海受完戒，小英子撐船接他回來。兩個人就有了一段對話：

划了一氣，小英子說：「你不要當方丈！」

「好，不當。」

「你也不要當沙彌尾！」

「好，不當。」

又划了一氣，看見那一片蘆花蕩子了。

小英子忽然把槳放下，走到船尾，趴在明子的耳朵旁邊，小聲地說：

「我給你當老婆，你要不要？」

明子眼睛鼓得大大的。

「你說話呀！」

明子說：「嗯。」

「什麼叫『嗯』呀！要不要，要不要？」

明子大聲地說：「要！」

「你喊什麼！」

明子小小聲說：「要——！」

「快點划！」

我們讀《受戒》，裡面凡是出現小英子和明海的對話，你會發現幾乎都是小英子在主動地問。最後愛情的發生也是因為小英子的主動。

但是汪曾祺不是寫了一個放浪的女性。我為什麼會覺得這首詩裡的女孩子和翠翠、小英子很像呢？用汪曾祺的話說，她們的人性是「健康」的。

對方如何回應她呢？我們來看《長干曲四首・其二》：

家臨九江水，來去九江側。
同是長干人，生小不相識。

對方說「家臨九江水，來去九江側」，我家就在這兒。「同是長干人，生小不相識」，我也是在河邊風裡來雨裡去的，但是我們卻不認識。為什麼不認識？因為我每天是在河上面。他可能是個船夫。

這個男生很好，為什麼呢？他就問題回答問題，他沒有別的想法，就是很老實地回答。人家說「或恐是同鄉」，他說，是，我們是同鄉。到此為止了。他沒有別的意圖，他也沒有覺得對方有什麼其他的意圖。

這兩首詩字裡行間都很純淨。

這兩首詩最大的特點是什麼呢？口語化。崔顥是用口語寫的，直接類比了一場對話。

葉聖陶以前教人寫作，講了一個很簡單的原則。他說最高明的寫作，是你拿著這個作品在另外的一個房間唸，其他的人在這個房間聽，但是聽的人不覺得隔壁是在唸文章，覺得你好像在說話一樣。這就是作文的最高境界。寫作就好像說話，應該完全是一種自然的狀態，不要扭捏，也不要做作。

這首詩其實就是講一次邂逅，一次相遇。最後就停在這裡了。後面的故事是什麼呢？沒有了，詩人不交代後面的故事。他只是截取了人生中一個小的片段放在這裡。

這個女孩子喜歡這個男孩子嗎？她也談不上是喜歡，也談不上是愛，但是她有一種朦朧的情緒。這種朦朧的情緒催使她要停下船來，要叫住對方。桂天祥評價《長干曲》說「妙在無意有意，有意無意」（《批點唐詩正聲》）。

接下去要發生什麼，大概她自己也沒有想清楚。她可能對他有好感，這個好感有沒有上升到愛的程度？我覺得也沒有。但是詩人寫出了處在青春時期的少男少女可能都會有的情緒。

這種朦朧的、無法言明的情緒，是愛發生的前提。

但即便沒有發生愛情，這種偶然的相逢也很美好。不是嗎？

不能說的祕密

我們再來讀李商隱的《無題二首・其一》：

昨夜星辰昨夜風，畫樓西畔桂堂東。
身無彩鳳雙飛翼，心有靈犀一點通。
隔座送鉤春酒暖，分曹射覆蠟燈紅。
嗟余聽鼓應官去，走馬蘭臺類轉蓬。

「昨夜星辰昨夜風，畫樓西畔桂堂東。」他寫的是什麼呢？他寫一次短暫的相遇。地點是「畫樓西畔桂堂東」，時間是昨夜。

他寫這首詩的時候，他們的會面已經結束了。他回去，天亮之後寫了這首詩。在這首詩裡，他回憶起昨天晚上他們相遇的美好場面。

「身無彩鳳雙飛翼」，可以有很多理解。你可以理解成，他現在沒有翅膀，不能像鳥一樣飛到她的面前。你也可以理解成，兩個人沒有辦法雙宿雙飛。但總之，兩個人因為某種原因被阻隔。

「心有靈犀一點通」，靈犀，古人認為犀牛的角是靈異的，因為犀牛的角中間有一條白線，貫通了前後兩端。心有靈犀的意思，就是兩個人的心意是相通的。

一個是「身無」，一個是「心有」。一個是肉體，一個是心靈。李商隱其實是用後者否定了前者，用心意的相通否定了肉體上的相遇、身體上的靠近。

愛情是什麼？愛情很多時候和身體無關。它甚至有時候和語言無關。愛情超越了身體，超越了語言。不是說一句「我愛你」、「我喜歡你」，就是表達愛情了。我借助顧城的一首小詩來說明這個問題。

我多麼希望，有一個門口
早晨，陽光照在草上
我們站著

扶著自己的門扇
門很低，但太陽是明亮的
草在結它的種子
風在搖它的葉子
我們站著，不說話
就十分美好

——《門前》節選

這首詩寫得很乾淨。這兩個人顯然是互相愛慕的關係，但是他們是有距離的。兩個人扶著門邊站著，不需要說話，我看你一眼，你看我一眼，我就知道你在想什麼，你想說什麼。

愛情有時候是有距離的，但同時愛情又超越了距離。這就是李商隱寫的這種感覺。

他接下來回憶昨天晚上相遇的具體情境。

「隔座送鉤春酒暖」，「送鉤」是一種遊戲。參加宴會的人分成兩隊，一隊的人手裡邊有一個鉤，這個鉤就在他們中間互相傳送，但不知道藏在誰的手裡面。另外的一隊人需要猜鉤在哪裡。一方猜中了的話，另一方就要喝酒。

「分曹射覆蠟燈紅」，「射覆」也是一種遊戲。「曹」就是隊，「分曹」就是分成兩隊。射覆有兩種解釋，第一種解釋，射就是猜。覆，就是拿器皿把東西蓋在下面。一隊的人拿器皿把東西蓋在下面，另外一隊的人猜器皿下面是什麼。猜中了，另一方喝酒。猜不中，猜的人喝酒。還有一種解釋，射覆就是行酒令，也就是猜謎。一隊的人出一個謎面，另外一隊的人猜謎底。這兩個遊戲都是和猜有關。

這是一個無比熱鬧的晚上。燈紅酒綠，觥籌交錯。大家都在這裡玩得很開心。參加這場宴會的有詩人自己，還有他所愛慕的那個對象。那個對象可能就在人群中，她可能和李商隱分到了一隊裡，可能和李商隱不在一隊裡。因為很多特殊的原因，兩個人的愛情是不能公開的。兩個人沒有辦法表明自己的心跡，可能還需要用一些行為來掩飾他們之間的關係。

其他人都沉醉在遊戲裡，對於他們兩個人來說，遊戲可能沒有那麼有趣。在人聲喧鬧中，兩個人感受到愛而不能的缺憾。他可能猜到了鉤就在她手裡，但是如果猜中了，她就要喝酒了，所以故意猜不中，自己把杯子裡的酒一飲而盡。

「春酒暖」、「蠟燈紅」，溫度是熱的，色調是暖的，但是我們讀起來會覺得冷，會為這兩個人感到難過。愛在他們這裡成了祕密，成了一個需要互相保守的祕密。

「嗟余聽鼓應官去，走馬蘭臺類轉蓬。」天亮了，宴會散了，要去上班了。「嗟」是歎息的意思，蘭臺就是祕書省，李商隱當時二十六、七歲，在祕書省做校書郎。

到了早上卯時，鼓咚咚咚響了，他聽到鼓聲就要去上班了。他感覺自己就像隨風飄轉的蓬草一樣。蓬草被風吹起，吹到哪裡算哪裡，是無根的，是不確定的。為什麼他覺得自己像「轉蓬」呢？因為他心裡有一種失落感。

我們回到這首詩的第一句，「昨夜星辰昨夜風」，他用了兩遍「昨夜」，這是在強調。昨夜對他來說意義重大。

昨夜的星辰、昨夜的風對他來講是刻骨銘心的，可並不是說天上的星辰和夜晚的風那麼重要。就像「人面桃花相映紅」，不是桃花開得好看詩人才要寫它，而是桃花旁邊站著一個美麗的女子，桃花是因為她的存在而顯得美麗。

而星辰和風，是因為我們的相遇而顯得重要。

我覺得這首詩裡面寫得最好的一句就是「昨夜星辰昨夜風」。他不斷地去回味這個晚上。儘管對他來說，愛只能作為一種祕密而存在著，愛是無根的、不能落地的，他心裡有一種失落。

但同時，昨夜的星辰和昨夜的風在他的心裡，成為永恆。

—冷漠面具—

下面要讀的這首詩和分別有關，我先來談一下古詩中三種分別的狀態。

第一種是「別時容易見時難」（李煜《浪淘沙令・簾外雨潺潺》）。很多時候，分別很容易，但是再見就很難了。因為人生是未知的，可能兩個人一轉身就是一輩子了。「當時輕別意中人，山長水遠知何處。」（晏殊《踏莎行．碧海無波》）當時很輕易地就和意中人分手了，可是現在想再見，已經不可能了。

第二種是「相見時難別亦難」（李商隱《無題》）。知道將來會面會很難，所以在分別的時候也格外難過。

可是最難受的是哪一種呢？是「人間別久不成悲」（姜夔《鷓鴣天．元夕有所夢》）。兩個人分開的時間久了，甚至都感受不到悲傷。整個人麻木了，傷口已經癒合了，甚至都結痂了，感受不到痛苦了。

可是他真的不悲嗎？他如果不悲的話，就不寫了。

蘇軾在那首《江城子．乙卯正月二十日夜記夢》裡說：「十年生死兩茫茫，不思量，自難忘。」他不是不想念，他只是沒有每天把他的亡妻掛在嘴邊。很多時候，最深沉的思念反而是刻意的遺忘。

因為他知道，一旦提起她，心裡會有很多無法克服的情緒，那些情緒會奔湧而來。所以有時候故意選擇遺忘，其實也不是遺忘，而是在心裡找一個最隱祕的角落，把它藏起來。

可是不知道什麼時候就會有一些特殊的因素，一下子觸發了這個機關。蘇軾其實不是不思量，只是放在心裡，但是沒有一天忘記她。就像「人間別久不成悲」一樣，不是不成悲，只是刻意地不去想。

我們要讀的詩是杜牧寫的《贈別二首．其二》：

多情卻似總無情，唯覺樽前笑不成。
蠟燭有心還惜別，替人垂淚到天明。

杜牧曾經在揚州做淮南節度府的掌書記。根據《太平廣記》的記載，揚州妓院比較多，杜牧行為又不大檢點，他幾乎是每天晚上都要流連在煙花巷陌裡。

後來他升做監察御史，要去長安。他離開揚州的時候，他的長官牛僧孺給他餞行，對他說，你這個人什麼都好，要是能改掉逛妓院的習慣就好了。

杜牧說我沒有，都是謠傳。

牛僧孺說我怕你晚上出去不安全，所以每天都派了保鑣在後面保護你，你每天晚上出行的時間、地點我都有記錄，我拿給你看一下。

結果杜牧看見這些記錄，非常慚愧。

杜牧離開揚州去長安之前，給他喜歡的一個妓女寫了兩首贈別的詩，我們讀其中的一首。

「多情卻似總無情，唯覺樽前笑不成」，一個很多情的人，一個能夠感受到這個世界的悲哀的人，他有時候在表面上看起來是冷冰冰的。

分別的時候，難道沒有什麼話要和對方說嗎？

因為要說得太多了，不知道從何說起。所以就像一個無情的人一樣，坐在那裡，沉默著，戴著一個冷漠的面具。

「蠟燭有心還惜別，替人垂淚到天明」，蠟燭沒有心，它有的只是蠟芯。

可是詩人給蠟芯一種人的特徵。蠟燭滴蠟油，看起來就好像在流淚一樣。可是流淚的不是蠟燭。我們之前講過「移情」，是因為詩人有情，他看蠟燭才會覺得它在哭。

一誓言不堪一擊一

愛情有時候是要面臨考驗和選擇的。

愛情沒有那麼容易。

要是每天的生活完全沒有憂愁，可以每時每刻在一起，愛情就不是那麼難得的一件事了。

為什麼在這個世界上愛情顯得很珍貴？因為它很難。

我們來讀李商隱的《馬嵬二首・其二》：

海外徒聞更九州，他生未卜此生休。

空聞虎旅傳宵柝，無復雞人報曉籌。
此日六軍同駐馬，當時七夕笑牽牛。
如何四紀為天子，不及盧家有莫愁。

安史之亂一爆發，安祿山一路打到潼關。潼關一破，離長安就不遠了。唐玄宗帶著楊貴妃，帶著禁軍，帶著一些親信，天不亮就往外跑。跑到了馬嵬坡，禁軍不動了，將士們要殺楊國忠。「六軍不發無奈何」，沒有辦法，唐玄宗把楊國忠殺了。將士們還是不走，必須把楊貴妃殺掉，我們才能替你去打江山，我們才能保護你。怎麼辦？

這是一個兩難的局面。結果唐玄宗讓人在旁邊的佛堂裡面把楊貴妃給殺死了，這是他做出的選擇，這也是李商隱寫的《馬嵬》這首詩的背景。

「海外徒聞更九州」，戰國的時候有個陰陽家叫鄒衍。以前大家認為中國分為九州，但鄒衍認為海外還有八個類似中國這樣大的大州，所以這個世界上一共有九個像中國一樣大的大州。他當然沒有我們今天這種地理觀念，他認為海外可能是神仙居住的地方，大海上有仙山。

所以李商隱在這裡說的是什麼呢？他針對的是白居易和陳鴻在《長恨歌》和《長恨歌傳》裡的描寫。在《長恨歌》和《長恨歌傳》裡，楊貴妃死了以後，唐玄宗非常難過。有一天，從四川來了一個道士，他說我會法術。他幫助唐玄宗去尋找楊貴妃，他「上窮碧落下黃泉……忽聞海上有仙山，山在虛無縹緲間」。他通過法術來到了海外的仙山，找到了楊貴妃。

李商隱否定了這個存在，什麼「忽聞海上有仙山，山在虛無縹緲間」，李商隱說「海外徒聞更九州」。只是聽說也就意味著它並不存在。他從空間上否定了楊貴妃和唐玄宗死後重逢的可能，這個故事並沒有一個光明的尾巴。

我覺得李商隱是一個特別勇敢的詩人，他直接否定掉。這不是童話。童話裡最後王子和公主在一起，李商隱說現實不是這樣的，現實是她死了就是死了，沒有重逢的可能。

「他生未卜此生休」，在白居易的《長恨歌》裡面，楊貴妃還期待著兩個人他生再見，她要下凡投胎，兩個人來世再做夫妻。李商隱說這個也不存在。第一句是從空間上去否定，第二句從時間上否定，兩個人沒有來生，「他生未卜」，能確定的只有此生，只有現實。現實是一切都已經結束了，楊貴妃已經死掉了。李商隱寫的是一個悲劇，寫的是人生本身。

「空聞虎旅傳宵柝，無復雞人報曉籌。」李商隱把視角轉到了馬嵬坡。虎旅就是禁軍，柝就是打更的梆子。他是站在唐玄宗的角度來寫的。以前不是這樣的，以前在宮裡怎麼會聽到軍隊打更的聲音？以前是「雞人報曉籌」。什麼叫雞人呢？皇宮裡不讓養雞，但是又要報時，於是就讓人裝扮成雞的樣子，早上拿著報時的竹籤送到宮裡。但是現在已經聽不到雞人報時了。

這一句是在寫兩種聲音，在寫宵柝，在寫曉籌，李商隱也是在寫時間。第一句寫的是晚上，晚上睡不著，聽軍中打更的聲音。「無復雞人報曉籌」是早上，以前天亮了才報曉籌，晚上可以安穩睡覺。除了寫聲音、寫時間，這裡還有溫度的對比，以前是溫暖的，現在是冰冷的。

更強烈的一個對比是什麼呢？是下面這一句，「此日六軍同駐馬，當時七夕笑牽牛」，很工整的對仗，但是讓我們很心酸。就像電影中兩個鏡頭剪接在一起，這邊是現實，突然閃回到「當時七夕笑牽牛」，兩個人「七月七日長生殿，夜半無人私語時。在天願作比翼鳥，在地願為連理枝」（白居易《長恨歌》）。

唐玄宗和楊貴妃兩個人，在七夕這天看到天上的牽牛星和織女星，兩個人就「笑牽牛」，說牛郎織女一年才見一次，但是他們兩個人要一輩子在一起。不光這輩子要在一起，還要生生世世永遠做夫妻。

可是曾經那麼確定的海誓山盟，在今天的馬嵬坡這裡變成了一個謊言。「此日六軍同駐馬」，當「六軍不發無奈何」的時候，只能讓她「宛轉蛾眉馬前死」。可是曾經不是這樣的，曾經兩個人說好了一輩子在一起的。這個對比很強烈。

「如何四紀為天子」，最後就是一聲歎息。一紀十二年，唐玄宗在位四十五年，大約是四紀。「不及盧家有莫愁」，莫愁是傳說中的民間女子，她嫁到盧家，一輩子幸福快樂。

一個好的作品，它裡面會混合著多種不同的聲音。這取決於我們從哪個角度來讀。如果我們從楊貴妃的立場來讀，我們可以聽到她的哀怨，我們可以讀到詩人的批判。

「此日六軍同駐馬，當時七夕笑牽牛」，詩人用現實的選擇來否定了曾經的海誓山盟。在現實面前，曾經的諾言不堪一擊。「不及盧家有莫愁」，用民間幸福平凡的生活否定了陪伴在天子身旁的榮耀和華貴。

但是如果我們轉換一個立場，從唐玄宗的立場來讀，我們也可以看見一個男人為自己的懦弱而流下悔恨的淚水。我們可以讀到一個人的無奈。

「此日六軍同駐馬，當時七夕笑牽牛」，他能怎麼辦呢？他也並不想違背當初的誓言吧。可是他必須做出選擇。一個人在兩難的情況下做選擇是會暴露人性的。可是人性本身就是脆弱的，不可靠的。

「如何四紀為天子，不及盧家有莫愁」，我們會為他感到悲哀，我們會發現人的自由與人的地位是無關的。當了皇帝就什麼都能做了嗎？不是的。你擁有權力，你擁有天下，可你還是有不自由的地方。你連愛的自由也沒有。你連保護心愛的人的能力都沒有。你甚至不如普通的百姓。

這首詩裡當然有批判。但是一個好的作家不會只單純地批判，他會用一個悲憫的眼光來看待人，來看待這個世界。

一首好的詩歌，內部的聲音是駁雜的。

我想李商隱在這首詩裡寫到的不只是單個人的問題，不只是唐玄宗和楊貴妃的問題。偉大的作家面對的永遠不是單數的人，而是複數的人。他是面對整個人類在發問：

愛情在什麼條件下才是成立的？

一死亡的濾鏡一

死亡是生命的一部分，也是愛情的一部分。我想繼續深入我們的話題，看一看死亡這個變數對於愛情的影響。

元稹是中唐時期很有名的詩人，他的妻子叫韋叢，嫁給元稹的時候二十歲，兩個人大概一起生活了七年。七年之後，韋叢去世了，只有二十七歲。

元稹在妻子去世之後寫了很多詩，做夢也經常會夢到她。最有名的是三首《遣悲懷》。

我們來讀其中的第一首：

謝公最小偏憐女，自嫁黔婁百事乖。
顧我無衣搜藎篋，泥他沽酒拔金釵。
野蔬充膳甘長藿，落葉添薪仰古槐。
今日俸錢過十萬，與君營奠復營齋。

「謝公最小偏憐女」，謝公指的是東晉的謝安。謝安很喜歡他的侄女謝道韞。有一天下雪了，謝安讓大家來作詩，他的侄子謝朗說「撒鹽空中差可擬」。他的侄女謝道韞很有才，她說「未若柳絮因風起」。謝安聽了很高興。元稹這裡是用謝公來說誰呢？來說他的岳父。韋叢的父親官至太子賓客，其實相當於宰相了，所以用謝公來比韋叢的父親。韋叢又是她父親最小的女兒，所以是「最小偏憐女」。

一個從小錦衣玉食的女孩子，嫁給誰了呢？

「自嫁黔婁百事乖」，黔婁是戰國時候齊國的隱士，很窮。他去世後，他的屍體只能用一塊白布蓋著。孔子的學生曾參去弔唁，看到白布都蓋不住屍首。因為布太短了，要斜著蓋才能蓋住。元稹用黔婁來比喻自己，他說我的妻子自從嫁給我之後，沒有一件事情是順心如意的。

「顧我無衣搜藎篋」，她嫁給元稹之後，沒有一句怨言。天冷了，她看見他身上穿得少，就去給他找衣服。可是家裡窮，她拿出裝衣服的箱子，翻遍了之後才找到。

可是元稹怎麼樣呢？

「泥他沽酒拔金釵」，元稹就像小孩一樣，他說我又沒有錢買酒了，你快把你頭上的釵子拔下來，我拿去換酒喝。他妻子也不說什麼，把頭上的釵子拔下來，給他拿去換酒。

「野蔬充膳甘長藿」，吃飯吃什麼呢？吃野菜，吃長長的豆葉。「甘長藿」，即便是這樣的生活，她也還覺得知足。

「落葉添薪仰古槐」，家裡沒有柴火了，她就去撿一些槐樹落的枯葉來燒。她抬著頭看眼前的槐樹，她想風再大一點吧，再大一點就可以把葉子吹下來了，不然今天晚上拿什麼做飯呢？

「今日俸錢過十萬」，元稹說我今天有錢了，再也不用過那樣窮苦的生活了，我們今天不用再吃野菜了，我們今天不用再吃豆葉了，我們不用拿落葉去燒了，衣服可以隨便買，酒可以隨便喝。

可是你已經不在了。

「與君營奠復營齋」，他拿著錢做什麼呢？他只能拿錢去祭奠，去請僧人來做法事。錢對他來講沒有意義了。

這首詩塑造了韋叢這個女性的形象。我們會發現她是一個眼裡面只有元稹、愛著元稹的形象。而與之相對的是元稹不懂事的形象。

當一個人寫自己不好，而寫對方很愛自己的時候，我想這種書寫行為本身，其實恰恰意味著他對對方的愛。

可是他不是在當時就懂得了，如果他當時懂事的話，他不會這樣。是什麼讓他懂得這一切？是什麼讓他腦海中的形象，讓他筆下的形象，是一個賢慧的妻子形象呢？

其實是死亡，是死亡讓他懂得了這一切。

死亡在這裡就好像濾鏡一樣，它過濾掉了很多東西。最後剩下的是什麼？是妻子對他的愛。

我想這個愛是經過提煉的。其實這個世界上沒有哪個人是完美的，人總有缺點。但是在元稹的敘述裡，我們看到了一個近乎完美的妻子形象。這裡也許有他主觀上的美化。也並不能說是美化，只能說他選擇了一部分記憶，並且用文字保留了這一部分記憶。他的寫作其實有懺悔的意思在裡面。

在這首詩裡，生活似乎總是錯位的。她「顧我無衣搜藎篋」，她眼裡面只有他。可是元稹卻不懂事，要喝酒，「泥他沽酒拔金釵」。

可能這樣的事情經常發生。她說我還留著錢要買點柴火，我們明天的飯還不知道在哪裡呢，還要留著錢給你做幾件冬天的衣服。他說你留著錢幹麼？我要去喝酒。

她是賢慧的，但他是任性的。

更大的錯位是什麼？是生活富足了，而她已經不在了。是生和死的錯位。當詩人去寫這樣的錯位的時候，其實充滿著遺憾和懊悔。

當然，他的懺悔、他的遺憾會讓我們覺得感動。可是這種感動的代價未免太大了，這是死亡帶來的領悟。

儘管我們知道元稹後來再娶了，但我想他在寫這首詩的時候，內心是真誠的。在這一刻，他的愛是不容懷疑的。就像蘇軾雖然後來也再娶了，但是他寫下的「十年生死兩茫茫」裡有著對亡妻真摯的愛。

我們在這一講裡談論了許多關於愛的話題。我們講了崔顥《長干曲》中偶然的相遇，講了李商隱《無題》裡面作為祕密的愛情，講了杜牧的離別，講了他看似無情的有情，講了《馬嵬》，講了唐玄宗面臨的考驗和他做出的選擇。我們也談到了生死的問題，講到了元稹的回憶，以及死亡給回憶加上的濾鏡。我們好像談論了許多關於愛的話題，談論了許多因為愛而留下的美麗的句子。

可是你要問我愛是什麼，我還是回答不出來。

文學有時候就是這樣。它不提供答案，它只是提供種種不同的可能。它告訴我們，這個世界上不是只有一種聲音。

但不管怎樣，我想愛情總歸是美好的，即便它有時候也很脆弱。

幸運的是，人類可以擁有愛的能力。而我想那些真正的愛，終將戰勝時間和一切考驗。

第六講
離別與重逢

我們這一講談友情。人活在這個世界上，遇到一個好朋友很難。朋友不在多，有一、兩個真心的就可以了。高山流水，可遇不可求。遇到這樣的朋友，卻要面臨分別，就會感到很失落。「黯然銷魂者，唯別而已矣。」（江淹《別賦》）

我很喜歡梁實秋的一篇散文，題目是《送行》。他在結尾是這樣寫的：

我不願送人，亦不願人送我，對於自己真正捨不得離開的人，離別的那一剎那像是開刀。凡是開刀的場合照例是應該先用麻醉劑，使病人在迷濛中度過那場痛苦，所以離別的苦痛最好避免。一個朋友說：「你走，我不送你；你來，無論多大風多大雨，我要去接你。」我最賞識那種心情。

然而在人生這場旅途中，離別總是無法避免。我們這一講讀的詩，大多和離別有關。雖然我們也會談到重逢，可是重逢的下一站，大概也還是離別。

一重複的聲音一

我們先來看鄭谷的《淮上與友人別》：

揚子江頭楊柳春，楊花愁殺渡江人。
數聲風笛離亭晚，君向瀟湘我向秦。

「揚子江頭楊柳春，楊花愁殺渡江人。」如果我們反覆讀這兩句詩，你會發現詩人在重複一個音節。我們不斷地回到yáng這個聲音上來。

詩歌是和聲音有關的藝術。我們今天讀詩歌，很多時候忽略了一個很重要的東西——形式。我們經常把形式和內容分開，然後花很多工夫去挖掘內容，而置詩歌的形式於不顧。其實很多文學作品，它的形式即內容本身。

我舉一個例子。剝洋蔥的時候我們以為第一層是個皮，於是把它剝下來了，我們以為裡邊還有個瓤。我們接著剝，怎麼還是一層皮呢？我們又剝，裡面還是一層皮。再剝，還是一層皮。到最後我們淚流滿面，但是我們會發現沒有其他東西了，剝完了。沒有我們期待的那個瓤。因為皮就是它的實，形式就是內容。文學的形式是有意義的。

「揚子江頭楊柳春，楊花愁殺渡江人」，我們不斷回到yáng這個聲音上。這個反覆出現的聲音塑造了一個人不捨得走的狀態。也許詩人不是有意這樣去做的。但對讀者來說，重複的聲音卻的確產生了這樣的效果。我們眼前好像出現了一個人，他離開，又回來，不斷回到原來的地方。他一個人在這裡徘徊，留戀，彷徨。他不捨得走。

「數聲風笛離亭晚。」什麼是離亭呢？古代的大路上，五里設置一個短亭，十里設置一個長亭。李白寫過一首《菩薩蠻．平林漠漠煙如織》：「何處是歸程？長亭更短亭。」亭是供人休息用的，旅途中停下來歇一歇。很多時候離別就發生在長亭和短亭中。所以它成了一個離別的背景。長亭的意象很常見，比方說柳永的《雨霖鈴．寒蟬淒切》：「寒蟬淒切，對長亭晚，驟雨初歇。」再比如李叔同寫的《送別》：「長亭外，古道邊，芳草碧連天。」

朱之荊說：「『風笛』從『離亭』生出，因古人折柳贈別，而笛曲又有《折楊柳》也。」（《增訂唐詩摘鈔》）

天色已經晚了，夕陽西下，風裡是笛聲。

最後一句，他沒有說我想你，他沒有說你留下吧，他沒有說我不願意走，他只是在描述一個客觀的事實，「君向瀟湘我向秦」。「不言悵別，而悵別之意溢於言外。」（王鏊《震澤長語》）朋友去湖南，自己去長安。兩個人方向相反，背道而馳。

郭兆麟說：「末句『君』字、『我』字互見，實指出『渡江人』來，且『瀟湘』、『秦』回映『揚子江』，見一分手便有天涯之感。」（《梅崖詩話》）

一邊是君，一邊是我，一邊是瀟湘，一邊是秦。對稱的結構。他們共用的那個動詞是什麼呢？是「向」。「茫茫別意，只在兩『向』字中寫出。」（周明輔《增定評注唐詩正聲》）這個「向」是有速度的，它很快地把兩個人的距離拉開了。這個距離並不是物理上的距離，而是心理上的距離。

俞陛雲說：「凡長亭送客，已情所難堪，況楚澤揚舲，秦關策馬，飄零

書劍，各走天涯，與客中送客者，皆倍覺魂銷黯黯也。」（《詩境淺說》）

「已覺是兩鄉，何曾是兩鄉」

我們再來看王勃的《秋江送別·其二》：

歸舟歸騎儼成行，江南江北互相望。
誰謂波瀾才一水，已覺山川是兩鄉。

「歸舟歸騎儼成行」，他是一個送行的人，可是怎麼偏偏看到的全都是歸來的人呢？他明明是要送人走，可是眼前卻都是回家的船，是回家的馬，他們都從遠方歸來。

如果我們在車站送過人，就知道這個感覺了。車站有來有往，有的人是從遠方坐著車回家，但是有的人是在車站送別人走。當我們送人走的時候，看到那些拖著行李箱回來的人，他們和他們的家人擁抱在一起，我們心裡會很難受。一個電影如果拍攝這樣的場面，是很能打動觀眾的。因為有對照，有映襯。有人團圓，有人分別，分別的傷感才會被凸顯出來。

王夫之在《姜齋詩話》裡面提出一個說法：「以樂景寫哀，以哀景寫樂，一倍增其哀樂。」用快樂的場景來表達悲傷的感情，悲哀的程度會更深。用黑筆在一張黑色的紙上畫畫，畫不出什麼，因為顏色被底色吞掉了。如果換一張白紙去畫，就會很清晰。寫作也是這樣。

「江南江北互相望」，其實也沒有很遠，只是隔了一條江而已。朋友坐著船渡過江。到了江的對岸，他回頭看著我，我在這裡看著他。

「誰謂波瀾才一水」，他說你怎麼能說這只是一條窄窄的江呢？這不是一條江呀，在他眼裡，這是兩個世界的分界線。

「已覺山川是兩鄉」，他說我覺得江這邊的山，和江那邊的山，已經不在同一個地方了。這是兩個世界了。物理上的距離其實沒有那麼長，一條江能有多寬呢？但是王勃「已覺山川是兩鄉」。這是心理上的距離。

我們把王勃的詩和王昌齡的《送柴侍御》做一個比較：

沅水通波接武岡，送君不覺有離傷。
青山一道同雲雨，明月何曾是兩鄉。

王勃說「已覺山川是兩鄉」，王昌齡說「明月何曾是兩鄉」，這是兩個人的區別。王昌齡被貶到湖南，做了龍標尉。他送他的朋友離開，這個朋友要到武岡去，武岡也在湖南境內。王昌齡說不要緊，你順江而下，我們一水相連，我們共用這一條江水，我們共用江兩岸的青山，我們共用雲，我們共用雨，我們晚上還共用著一個月亮。

我們活在同一個世界裡，你怎麼能說我們分開了呢？

這首詩寫得很樂觀。唐詩裡面有很多寫送別寫得很樂觀的詩歌，比方說「海內存知己，天涯若比鄰」（王勃《送杜少府之任蜀州》），你和我即便天各一方，只要我們兩個心在一起，我們也好像在做鄰居一樣。還有高適寫的《別董大》：「莫愁前路無知己，天下誰人不識君。」你不要怕，未來的路上沒有我陪你，肯定還有別的人來陪你。你還會有新的朋友，你不會孤單。

「青山一道同雲雨，明月何曾是兩鄉。」我們同在一片月光之下，我們有這一輪明月相聯繫，所以我們也不算是分開。

可是送人走哪有不悲傷的？你如果和他真的是好朋友，是沒有那麼樂觀的。我樂觀，我不悲傷，只是因為我不想讓你看到我悲傷，只是因為我不想讓你也和我一起難過。

我們的確共用著一條江水，我們的確共用著一片青山，我們的確共用著一輪明月。

可是，我們也只剩下這一片月光了。我們之間的聯繫就只有月亮了。

雖然我告訴你「明月何曾是兩鄉」，我說「莫愁前路無知己」，我說「天涯若比鄰」，可是這個世界上的分別哪有那麼輕鬆。

其實心照不宣的事實是，分別之後，「明日隔山嶽，世事兩茫茫」（杜甫

《贈衛八處士》）。

一預先支取的思念一

上面幾首詩談到距離，其實還是一個空間的問題，接下來我們要談時間的問題了。之前在講《錦瑟》的時候，其實和大家談過，一個敏感的詩人，他不光會關注到現在的自己，他不光會關注到過去的自己，他還會關注到未來的自己。他會把時間線延長，已有的人生經驗加上敏感的個性會讓詩人提前想到未來發生的情況。王昌齡的這首《送魏二》也是這樣：

醉別江樓橘柚香，江風引雨入舟涼。
憶君遙在瀟湘月，愁聽清猿夢裡長。

這首詩前兩句給了我們地點，給了我們離別的場景。「醉別江樓橘柚香」，在江樓上，兩個人喝醉酒，你一杯我一杯，因為要分別了。「橘柚香」，時間是秋天。

第二句，鏡頭從江樓轉換到了小舟上。「江風引雨入舟涼」，兩個人從樓上下來，喝完了酒，該說的話好像也說完了。上船之後，風也來了，雨也來了。當然，這個涼不只是溫度上的涼，可能也是情緒上的涼。

「憶君遙在瀟湘月」，王昌齡想像船開走了之後，在某個晚上，朋友的船停泊在湘江上。「愁聽清猿夢裡長」，晚上朋友聽著兩岸的猿聲。酈道元的《水經注》裡說：「常有高猿長嘯，屬引淒異，空谷傳響，哀轉久絕。」「巴東三峽巫峽長，猿鳴三聲淚沾裳。」猿的叫聲總是會讓人感到淒涼。「聽猿實下三聲淚」（杜甫《秋興八首．其二》），聽到猿叫的聲音，不自覺地就流下淚來。

詩人想像朋友在江上，一個人在舟中，在月光的照耀下。他不光是在現實裡聽到了猿聲，感到了悲涼。他入睡了，猿聲也隨之進入他的夢裡。不管你夢著醒著，這種悲哀的情緒始終環繞著你。而詩人之所以會預想那個晚上的情形，是因為他一直在跟著朋友走，不是身體在跟著他走，而是情緒在跟著他走，自己的心在跟著他走。朋友到哪裡去了，其實自己也到哪裡去了。

而在那樣一個時間，詩人會回想起兩個人今天分別的場景。

這兩句詩裡的時間是非常複雜的。日本學者松浦友久說最後兩句是：「以離別後的某一個時刻為起點，由此『憶』起曾經分手的魏二，同時，在那一時刻想起魏二當下的情況……從現在的時刻（A）設定未來的某一時刻（B），由此回顧過去（A及A以前），再想像在那一時刻（B）魏二的境遇、情形。」（《唐詩語滙意象論》）他的分析是有道理的。

按照松浦友久的說法，這首詩是把時間複雜化了。這樣的時間顯然是心理上的時間。而時間的延長，並不僅僅是時間本身，它意味著情感的延長，意味著關切的目光一直望向未來。

戴叔倫有一首類似的詩，題目是《別鄭谷》，我們來看一下：

朝陽齋前桃李樹，手栽清蔭接比鄰。
明年此地看花發，愁向東風憶故人。

他在這裡栽了桃樹、李樹，現在已經綠葉成蔭，明年就開花了。他想到明年開花的那一刻，他看到開花後，又會回想起自己和鄭谷今天在這裡分別。又是一個預想未來回憶現在的時間結構。

古詩裡面，尤其是唐詩，時間是複雜的，詩人描述的往往不是客觀的時間，不是物理意義上的時間，而是心理上的時間，是一個情感時間。

這種時間結構最有名的詩就是李商隱的《夜雨寄北》。「何當共剪西窗燭」，我想像未來有一天我們共剪西窗燭，「卻話巴山夜雨時」，我們在西窗下回憶今天這個聽雨的晚上。

很多人讀到賈西亞．馬奎斯的《百年孤寂》之後，感到很驚奇，他怎麼能把時間寫得這麼複雜？《百年孤寂》的開頭是這樣的：

多年以後，面對行刑隊，奧雷里亞諾・布恩迪亞上校將會回想起父親帶他去見識冰塊的那個遙遠的下午。（范曄譯本）

但是這種寫法早在唐詩中就出現過。「憶君遙在瀟湘月，愁聽清猿夢裡長」，「明年此地看花發，愁向東風憶故人」，「何當共剪西窗燭，卻話巴山夜雨時」，還有我們之前提到過的，在宋詞裡也有這樣的寫法，「來歲花前，又是今年憶去年」（呂本中《減字木蘭花・去年今夜》），「料今朝別後，他時有夢，應夢今朝」（周端臣《木蘭花慢・送人之官九華》）。

一望到望不見為止一

我們來讀李白的《黃鶴樓送孟浩然之廣陵》：

故人西辭黃鶴樓，煙花三月下揚州。

孤帆遠影碧空盡，唯見長江天際流。

孟浩然比李白大十二歲，我們前面講過，李白非常崇拜孟浩然，他說「吾愛孟夫子，風流天下聞。紅顏棄軒冕，白首臥松雲」，可是這樣一個朋友要走了。

「故人西辭黃鶴樓」，黃鶴樓在武昌。李白在黃鶴樓送孟浩然離開。「煙花三月下揚州」，煙花，指的是春天群鶯亂飛、雜花生樹這樣美好的景象。

「孤帆遠影碧空盡」，李白站在黃鶴樓上，寬闊的江面上不會只有一條船，但是他眼裡只有一隻漂蕩的小舟。他自始至終盯著的，只是孟浩然所在的那條船。

後來不光是孤帆消失了，帆在水面上的影子也消失了。在天盡頭，在水天相交之際，什麼都看不見了。他要看到看不見為止。

《詩經》中有一首《邶風．燕燕》，也是一首送別的詩，裡面有一句「瞻望弗及，佇立以泣」。我在這裡遠眺，一直看到看不到你的身影為止。最後什麼都沒有了，我就站在那裡默默流淚。

李白這句詩是從這裡化出來的。

「唯見長江天際流」，這一句很動人。唐汝詢說：「帆影盡則目力已極，江水長則離思無涯，悵望之情俱在言外。」（《唐詩解》）詩人的思念就好像眼前的江水一樣悠長。吳烶說：「孤帆遠影，以目送也；長江天際，以心送也。」（《唐詩選勝直解》）在看不到的地方，心還在繼續往前走。

他們的解釋都很好。

但是我想李白最後一句裡的孤獨，其實超出了送別情境中那種具體的孤獨。讀到最後一句我們會發現，只有江水，留給李白的只有永不停息的江水。

李白寫的是空。這個空不是事實層面的空。江上船隻來來往往，現在未必是空無一物。他的空，是經過過濾的，是心境上的空。他寫此外別無他物，只有江水在流。他也是在寫心情，心裡空空蕩蕩。他把失落具象化，具象為寬闊平靜的江面，具象為高遠的天空。

但同時，我們也知道，江水是什麼？「子在川上曰：『逝者如斯夫。』」（《論語．子罕》）江水就是時間。

我們會看到，在天地之間，在宇宙之中，在歷史的長河裡，一個孤獨的個體。

留給他的只剩下孤獨本身。

一延緩的分別一

王維的《送元二使安西》是送別詩裡比較有名的，也叫《渭城曲》：

渭城朝雨浥輕塵，客舍青青柳色新。
勸君更盡一杯酒，西出陽關無故人。

「渭城朝雨浥輕塵，客舍青青柳色新。」剛下過雨，雨把塵埃全都濕潤了，空氣很清新，道路兩旁的柳樹都被雨洗過。在這樣明媚的景色裡，詩人卻要在渭城送別故人。

他不是在家裡送別，他已經和朋友元二趕了一天路。昨天晚上他們在客舍裡歇下了，今天早上他要送朋友走，只是不能再送朋友去更遠的地方了。「勸君更盡一杯酒」，再看一眼柳色吧，再喝一杯酒吧。

王維試圖做的，是延緩這個分別的過程。儘管他也知道，一杯酒並不能阻止這次分別。但是延緩的意義在於，它可以讓周圍的景物、氣息、情緒，在朋友的記憶裡多停留一會兒。

而停留的意義又是什麼呢？

「西出陽關無故人。」王堯衢說：「陽關外如有故人，君可不盡此一杯；如無故人在，則此故人之一杯酒，安可以不盡？」（《古唐詩合解》）出了陽關，就再也沒有老朋友可以對飲了。

讓這段記憶延長的意義就在於，在某個孤獨的夜晚，此時此刻的印象也許會成為一種陪伴。而這是送行者可以做的最後一件事了。

他說，再喝一杯吧。甚至他都不需要說，他只是舉起酒杯，但對方已經瞭解了他的意思。兩個人拿起杯子，一飲而盡。

酒在很多的時候替代了語言。有時候一腔心事，千頭萬緒，又不知從何說起，於是舉起杯子，再喝一杯吧。

—這個世界下雨了—

我們來讀許渾的這首《謝亭送別》：

勞歌一曲解行舟，紅葉青山水急流。
日暮酒醒人已遠，滿天風雨下西樓。

許渾在謝亭送別他的朋友。「勞歌一曲解行舟。」勞歌是什麼歌呢？勞歌就是送別的歌。南京有一個勞勞亭。李白寫過一首《勞勞亭》：「天下傷心處，勞勞送客亭。春風知別苦，不遣柳條青。」該唱的歌已經唱完了，該說的話已經說完了，「解行舟」，把船的纜繩解開來，朋友要走了。

「紅葉青山水急流」，水未必很急，船也未必因此走得很快。但是在詩人的眼裡，朋友坐的船很快地離開了。這是心理上的速度。

朋友走了之後，只剩下自己一個人了，還有沒喝完的酒，於是一個人把剩下的酒喝掉。可是「舉杯消愁愁更愁」。自己大醉一場，暫時地躲進去了，好像分別從來沒有發生過一樣。但是這個夢，這個自我麻痹、自欺欺人的夢，遲早有一刻是會醒的。

詩人醒過來了，剛醒的一分鐘兩分鐘，他可能還是朦朧的狀態，不明所以，他的情感還不會有什麼波動。他覺得這個世界還像以前一樣運轉，並不知道發生了什麼。

但是當他回過神來的那一刻，他會突然被悲傷擊中。我們能感覺到他的悲傷從胃裡面翻湧出來。

「日暮酒醒人已遠，滿天風雨下西樓。」詩人一下子意識到原來朋友已經離開了，留給自己的是什麼？留給自己的是滿天的風雨。

最後他沒有寫自己如何不捨，如何難過，如何惆悵。

他寫的是，朋友離開以後，這個世界下雨了。

一雕刻時光一

我們接下來談幾首和重逢有關的詩。之前挑了好多詩，後來又一首一首刪去了。選來選去，選了杜甫的三首詩。還是覺得杜甫的詩好。很多人說杜甫是個很偉大的詩人，有各種各樣的詞來形容他。我不知道怎麼形容他。對我來說，他可能只是個很好的人。

一個好人，就這麼簡單。

當然了，我們知道他是「詩聖」，是和李白齊名的大詩人。他很了不起。他寫詩的技藝很棒。杜甫寫得最好的一類詩，是七律。七律很考驗寫詩的技藝。杜甫和李白不一樣。李白寫得最好的是長篇的歌行和短小的絕句。每個詩人都有自己擅長的體裁，這和詩人的性格、氣質有很大關係。李白完全靠自己的天分，張口就來，往往一出手就是一首好詩。杜甫不太一樣。杜甫好像要經過長時間的思考，需要反覆斟酌、推敲。

可是我要講的是，一個真正偉大的詩人，依賴的永遠不只是技術。寫作的技藝再好，只能成為一個二流的詩人。杜甫嫻熟的技巧背後，是很真摯、淳厚的感情。

他關心這個世界，關心這個世界裡的人。他是熱的，他寫的詩也是熱的。他很深情。

我們先來看這首《贈衛八處士》：

人生不相見，動如參與商。
今夕復何夕，共此燈燭光。
少壯能幾時，鬢髮各已蒼。

訪舊半為鬼，驚呼熱中腸。
焉知二十載，重上君子堂。
昔別君未婚，兒女忽成行。
怡然敬父執，問我來何方。
問答未及已，驅兒羅酒漿。
夜雨剪春韭，新炊間黃粱。
主稱會面難，一舉累十觴。
十觴亦不醉，感子故意長。
明日隔山嶽，世事兩茫茫。

衛八是人名，具體叫什麼不清楚。他排行第八，是一個處士。處士就是有才能但不去做官的人。杜甫和老朋友重逢，寫了這麼一首詩送給他。

「人生不相見，動如參與商。」參星和商星，一個在西邊，一個在東邊，永遠不會同時出現。人生就是這樣，很多時候，我們和朋友分別，就好像參星和商星一樣，永遠不會再見了。

「今夕復何夕，共此燈燭光。」杜甫化用的是《詩經》裡的句子。《詩經》裡有一首叫《綢繆》的詩，寫一個婚禮的晚上。「綢繆束薪，三星在天。今夕何夕，見此良人。」今天到底是一個什麼晚上呢？讓我見到了你這樣好的人，表達的是驚訝和喜悅的情緒。杜甫在這裡也是說自己，既意外，同時也很高興。今天到底是一個什麼樣的日子？我們兩個人能在燭光下面把酒言歡，互訴衷腸。

這個晚上對杜甫來講，是一個不期而遇的晚上。他沒有期待過會有這麼一天，可以見到多年不見的朋友。

「少壯能幾時，鬢髮各已蒼。」人的青春能持續多久呢？慢慢地，頭髮就全白了。

「訪舊半為鬼，驚呼熱中腸。」兩個人在燈下聊天，聊著聊著就會提到曾經共同的朋友。我們可以想像這樣的場景。杜甫說：「老李你還記得嗎？當初和我們一起讀書的那個老李。」衛八說：「老李去年就死掉了。」杜甫又說：

「那個時候我們天天捉弄老楊，老楊你還記得嗎？」衛八說：「老楊前年就死掉了。」

曾經的朋友，一個一個都成了孤魂野鬼。所以杜甫見到眼前這個老朋友，才會突然覺得心裡一熱。

杜甫這首詩用的是一個倒敘的結構。接下來他倒回去寫，寫兩個人重逢時的場景。

「焉知二十載，重上君子堂。」杜甫說怎麼會想到過了二十年，和你在你家裡碰面呢？

「昔別君未婚，兒女忽成行。」當初分別的時候，你還沒有結婚，現在你的孩子都長這麼大了。你家裡的孩子排著隊在這裡迎接客人。

杜甫寫的是一個很生活化的場景。他看著眼前這些孩子，很感慨。他的記憶也會拉回到二十年前。那時候兩個人都還年輕。

北島寫過一篇散文叫作《波蘭來客》。裡面有一句我很喜歡：「那時我們有夢，關於文學，關於愛情，關於穿越世界的旅行。如今我們深夜飲酒，杯子碰到一起，都是夢破碎的聲音。」

「怡然敬父執，問我來何方。」杜甫下面寫得很有趣。這些小孩子很高興。衛八平時家裡可能也沒什麼客人，好不容易來一個人，小孩子都很新奇。他們大概會圍在杜甫面前，嘰嘰喳喳吵個不停。「叔叔，你叫什麼呀？」「叔叔，你從哪兒來呀？」「叔叔，你和爸爸以前是好朋友嗎？」杜甫就如實地把這個場景寫下來。他覺得很好。

我們可以想像，一個終日漂泊在外、窮困潦倒的中年男人，看見這些小孩子的時候，內心應該是很感動的。這是生命鮮活的氣息，和自己身上的滄桑感、風塵感不一樣。

「問答未及已，驅兒羅酒漿。」孩子們還沒問完，他父親就說快別問了，快去給客人拿酒來。這就是生活的樣子，一群小孩子，一個老朋友。

「夜雨剪春韭，新炊間黃粱。」晚上沒有別的菜，外面還下著雨，吃什麼呢？想來想去大概也沒有什麼好招待的，家裡面肯定也不富裕，沒有山珍海味，於是去後面的菜園，現割一把韭菜。割下來的韭菜大概剛被雨水洗過，綠油油的，很新鮮，帶著泥土。

《紅樓夢》裡面有一道菜，曹雪芹寫得很詳細，叫「茄鯗」。《紅樓夢》第四十一回，劉姥姥來大觀園，賈母她們招待劉姥姥，吃什麼呢？王熙鳳給劉姥姥夾了一些茄鯗，說：「你們天天吃茄子，也嘗嘗我們的茄子弄得可口不可口。」劉姥姥一吃，這哪是茄子？王熙鳳就給她講這個茄子是怎麼用雞油炸過，怎麼用各種各樣的料來拌。一個茄子，要用十幾隻雞來配。

我們會發現這也許是一個隱喻，隱喻了賈府裡面的人。賈府裡的老爺太太們其實喪失了生命原來那種自然的狀態，被一層一層地包裹起來。賈家嘛，大家慢慢就「假」了。

可是劉姥姥帶來了一種新的生命形態。劉姥姥給他們帶來了真的瓜果蔬菜，剛從地裡面摘下來的。這些還帶著泥土的瓜果蔬菜其實就是劉姥姥自己，她的生命也是帶著泥土的。但是帶著泥土的恰好是生命本身，一個很真實、很自然的生命狀態。兩相對照，我們看見兩個世界，兩種人。曹雪芹其實用一道菜，寫了兩類不同的人，一真一假。可是「假作真時真亦假」。

讀杜甫的這句詩，會想到劉姥姥，會想到《紅樓夢》。「夜雨剪春韭」，一盤真實的菜，裡面的感情也是真的。晚上沒有山珍海味，剛剪下來的韭菜，可能炒一盤雞蛋，就當成一盤菜拿上來了。剛蒸好的白米飯，裡面混著小米。這是很廉價的一頓飯，不用花幾個錢就能買到。可是一輩子能吃到幾頓這樣的飯呢？

「主稱會面難，一舉累十觴。」衛八說：「不說別的，我先乾為敬。」舉起杯子來，一連喝了十杯。

「十觴亦不醉」，乾了十杯，他也不醉，「感子故意長」。因為很多年沒見了，他見了老朋友太高興。「最難風雨故人來。」（孫星衍）風雨夜，和老朋友久別重逢，人生能有幾個這樣的夜晚呢？

宋朝有一個詞人叫朱服，他寫過一首《漁家傲·小雨纖纖風細細》，裡面有一句我很喜歡：「拚一醉，而今樂事他年淚。」有些時候其實心裡是懂的，這樣的日子以後不會再有了。現在的快樂多年以後回憶起來，會潸然淚下。可是有什麼辦法呢？改變不了現實，也改變不了未來。那不如今天就一醉方休，不如今天我們就喝個痛快。

「明日隔山嶽，世事兩茫茫。」明天又要分開了。這裡的山嶽指華山。明天你我會被這座高山相隔。再往後，可能就不只是這一座山，而是千山萬水了。我們又回到了各自不同的世界裡。

什麼叫「世事兩茫茫」？這是安史之亂之後寫的詩，國家的命運不知道，個人的命運也不知道，人就像浮萍一樣，不知道要到哪裡去。以後可能再也不會見了。

這首詩有沒有難懂的字詞？沒有。有沒有生僻的典故？沒有。但是這不妨礙它成為一首傑作。詩是什麼？詩是家常話。詩也是什麼？詩也是真感情。用真感情說出來的家常話，往往能感動別人。

「沒有一條道路通向真誠，真誠本身就是道路。」（萬方《冬之旅》）

學文學，讀書，寫文章，最後其實是要學會四個字：修辭立誠。能夠真誠地認識自己，能夠真誠地表達自己，能夠真誠地去感知這個世界，我覺得就可以了。

我們回過頭來看這首詩，你會發現，這首詩在形式上有它的特點。詩的開頭和結尾其實並不長。開頭寫的是什麼？開頭寫的是「人生不相見，動如參與商」。這是現實，兩個朋友動不動就會天涯永隔。最後寫的是什麼？寫的是「明日隔山嶽，世事兩茫茫」，又回到了現實。而中間很長的一個部分杜甫在幹麼？他在寫這個晚上。

現實是什麼？現實是「不相見」，現實是「兩茫茫」，他從一個冰冷的現實進入這個晚上，又從這個晚上出離到冰冷的現實之中。可是他還能擁有這樣一個晚上。這個晚上是不期而至的。這個晚上是溫暖的。

這首詩中間的部分比較長。杜甫在不斷堆疊這個晚上的細節，他寫衛八，寫衛八的孩子，寫「兒女忽成行」，寫小孩不斷地問，很吵，寫晚上吃的飯，寫「夜雨剪春韭」，寫主人「一舉累十觴」。他在寫什麼？他在寫流水帳。但是我們能感受到，他其實不過是想用更多的細節來留住這個晚上，他不斷地用細節來雕刻一段溫暖的時光，希望它在記憶中留存的時間更長。

「生活不是我們活過的日子，而是我們記住的日子。」（賈西亞．馬奎斯

《活著為了講述》)

這個晚上對杜甫來講好像一場夢。這個夢是暖色調的。杜甫讓我們感受到，冰冷的人間還有一點溫度。這就是杜甫的《贈衛八處士》。

一在夢和現實交界的地方一

先講一下李白。李白和盛唐時期很多人都有過交往，比方說王昌齡。王昌齡比李白大三歲左右，王昌齡被貶，李白寫了詩送給他，「我寄愁心與明月，隨君直到夜郎西」(《聞王昌齡左遷龍標遙有此寄》)。還有孟浩然，我們前面講過他給孟浩然寫的《黃鶴樓送孟浩然之廣陵》。

李白和杜甫也有過交往。在杜甫三十多歲的時候，兩個人一起遊歷過一段時間。後來兩個人分別，再也沒有見過。對杜甫而言，這是一段很重要的記憶，他在之後的人生裡不斷地回味這段記憶。他給李白寫過十幾首詩。李白也給杜甫寫過詩，但是不多。

「安史之亂」爆發以後，李白加入了永王李璘的幕府。結果永王李璘謀反，李白也被牽連。朝廷把他流放到夜郎，夜郎就是今天的貴州。從前那個地方氣候不好，去了之後九死一生。

杜甫當時在秦州，他只知道李白被流放了，但是其他的消息就不知道了，所以很擔心。他每天心裡掛念著李白，因此好幾個晚上做夢夢見李白。於是杜甫寫了兩首《夢李白》，這是第一首：

死別已吞聲，生別常惻惻。
江南瘴癘地，逐客無消息。
故人入我夢，明我長相憶。
恐非平生魂，路遠不可測。
魂來楓林青，魂返關塞黑。
君今在羅網，何以有羽翼？
落月滿屋梁，猶疑照顏色。

水深波浪闊，無使蛟龍得。

「死別已吞聲，生別常惻惻。」人難過的時候會哭。難過的程度愈大，哭的聲音愈大。可是真的難過到了極點，哭是發不出聲音的，這就是「吞聲」。杜甫說其實要是真的知道你已經死了，反倒好過一些，大不了這樣撕心裂肺地哭一場。可更難受的是什麼？是他不確定李白是不是還活在人間。李白有可能還活著，有可能已經不在了。這個最折磨人。杜甫心裡有一線希望，但是他又不是那麼確定。現在也得不到什麼確切的消息，每天只能活在煎熬裡。

「江南瘴癘地，逐客無消息。」李白被流放到南方，南方多瘴氣，很多人因為瘴氣生病，可能就活不長了。

「故人入我夢，明我長相憶。」杜甫晚上夢到李白，他想大概是因為李白知道自己在想他。接下來他就開始寫這個夢了。

「恐非平生魂，路遠不可測。」恐怕自己在夢裡面見到的，已經不是李白的生魂了。因為路太遠了，誰也不知道在流放的過程中會發生什麼。可能李白現在已經去世了。

「魂來楓林青，魂返關塞黑。」他的魂魄從南方來，又從北方回去，兩個人就這樣在夢裡見了一面。

「君今在羅網，何以有羽翼？」杜甫說你現在應該是在大獄裡面，你怎麼能飛來飛去呢？你怎麼會到我的夢裡來呢？上面「恐非平生魂」，他已經懷疑李白死掉了，這裡他又在懷疑。他一直不能確定。可是感人的地方就在於他不能確定。他左右搖擺，猶猶豫豫。其實我們知道，他很想得到一個確定的消息，但是他內心又害怕得到一個確定的消息。

「落月滿屋梁，猶疑照顏色。」這首詩我最喜歡的是這兩句。夢醒了，看到這滿屋子的月光，但是又沒有完全醒。「顏色」就是李白的容貌。他寫自己將醒未醒之際，看見李白的臉龐還在自己眼前，月光就照在他的臉上。會不會還是你？是不是我們在現實中真的碰面呢？其實沒有。

「水深波浪闊，無使蛟龍得。」等到徹底醒來之後，他沒有別的話好說，只能在詩裡寫下自己的祝願。說什麼呢？江湖險惡，你自己要多多保重了。

杜甫寫下這首詩的時候，還是不確定，李白的消息不知道，死沒死不知道，留給他的只有昨天晚上的一個夢而已。

這首詩好就好在它讓我們看到了一個人在交界之處的狀態——「落月滿屋梁，猶疑照顏色」。在夢和現實的交界之處，在真和假的交界之處，那裡有一個人，滿懷關切。

那個人是杜甫。

這一邊是杜甫，另外一邊，李白在幹什麼呢？李白已經被赦免了。李白本來要去夜郎，結果走到白帝城的時候，朝廷把他赦免了。李白高興壞了，寫了一首《早發白帝城》：

朝辭白帝彩雲間，千里江陵一日還。
兩岸猿聲啼不住，輕舟已過萬重山。

—你好，再見—

我們講了杜甫和衛八的重逢，講了杜甫在夢裡和李白的重逢，最後講一下杜甫和李龜年的重逢，《江南逢李龜年》：

> 岐王宅裡尋常見，崔九堂前幾度聞。
> 正是江南好風景，落花時節又逢君。

美國有位漢學家叫宇文所安。他有一本書我很喜歡，叫作《追憶：中國古典文學中的往事再現》。在這本書的導論部分，宇文所安對杜甫的這首《江南逢李龜年》進行了非常細緻而精采的分析。我下面的解讀主要是參考了宇文所安的觀點。

李龜年是盛唐時期一個特別有名的音樂人，唱歌唱得很好，懂音律，很受達官貴族的喜愛，也很受唐玄宗的喜愛。所以李龜年經常出入皇宮和那些貴族的府邸。

岐王，指的是岐王李範。李範是唐玄宗的弟弟。崔九指的是崔滌。這兩個人都是唐玄宗的寵臣，他們身邊結交了很多的詩人、音樂家。當李龜年、岐王、崔九三個名字擺在一起的時候，它們就不只是名字了。它們構成了一個符號，一個關於盛唐的符號。

「岐王宅裡尋常見，崔九堂前幾度聞」，這兩句寫的是一個時代，是和盛唐有關的記憶。可是屬於杜甫和李龜年的盛唐記憶，現在已經離他們很遠了。

《明皇雜錄》裡有這樣的記載：

……其後龜年流落江南，每遇良辰勝賞，為人歌數闋，座中聞之，莫不掩泣罷酒。

「安史之亂」以後，李龜年流落到江南。大概他還要繼續通過歌唱來謀生。他會出現在一些宴席上。但是那些聽李龜年唱歌的人，都會流下眼淚。

為什麼？因為他們在李龜年身上看到了一個時代的盛衰變化。曾經的盛唐已經過去了，繁華不再，一切都只能成為回憶。

當然這是第一層比較悲哀的地方，表面上看是杜甫和李龜年的重逢，實際上是杜甫和曾經盛唐時代的重逢。

第二層的悲哀在哪裡呢？是杜甫和曾經的自己又一次重逢。「岐王宅裡尋常見」，他不是說我經常在那裡見到你，他說的是你曾經在那裡，可能也會看到我，我也經常出現在那些宴會上。我也和這些達官貴人交往過。而且是「尋常」，是「幾度」，不是偶爾一次兩次。

所以杜甫看到李龜年的時候，他看到的是青春時候的自己，他看到的是屬於自己榮耀的時刻。他曾經也有過理想的，他曾經也有過機遇的，他曾經也有過「致君堯舜上，再使風俗淳」（《奉贈韋左丞丈二十二韻》）的可能的。可是他現在怎麼樣呢？人最怕的就是這樣。活著活著，你會發現你離自己期待的樣子愈來愈遠，這是一種。

但是還有一種，你活著活著，活成了自己最討厭的樣子。你活著活著，把自己給活丟了。很多的時候是這樣的。當我們不斷地想從這個世界獲得什麼的時候，這個世界也在不斷地向我們索取。這個世界是很殘酷的，它是要我們去交換的。當我們從這個世界拿一樣東西的時候，它可能會向我們要另外一樣東西。

陶淵明後來意識到這一點。他說「既自以心為形役，奚惆悵而獨悲」（《歸去來兮辭》）。什麼叫「心為形役」？他需要不斷地出賣自己的靈魂，來滿足肉體的需要。他有一天終於想通了這個事情，他說我不幹了。他把自己的欲望降到最低，他說我只要一日三餐可不可以，我只希望自己還能有一個完整的靈魂。

可是你要知道，他不幹了之後，他回到家裡一樣焦慮。因為他有很多沒有實現的事情。他經常晚上睡不著覺。他說：「日月擲人去，有志不獲騁。念此懷悲悽，終曉不能靜。」（《雜詩十二首．其二》）一晚上過去了，第二天白天去喝酒。又一晚上過去，第二天再去喝酒。他沒有我們想的那麼曠達。很多人在深夜咬緊牙關的時刻，是我們看不到的。

回到杜甫這裡。杜甫和自己重逢，他遇到年輕的自己，可是同樣也遇到一個年老的自己。李龜年站在他面前的時候，他好像看到了鏡子裡的自己一樣。李龜年老了，杜甫當然知道自己也老了。

曾經的他有那麼多想要實現的，曾經的他想要去改變這個世界，可是最後會發現，是世界慢慢改變了自己。他現在老了，什麼都做不了了。「明日隔山嶽，世事兩茫茫。」國家的命運在哪裡？個人的前途在哪裡？都不知道。對他來講，唯一確定的是什麼？是死亡的迫近。

第三層悲哀的地方是什麼呢？你會發現杜甫寫的是重逢，但他寫的也是永別。他通過一個很微小的詞來提示我們，「落花時節」。

古人看到落花是很敏感的，滿天凋零的花朵就是你的生命，就是你逝去的青春。到了暮春，詩人們往往會傷感。看到落花，會覺察到自己的生命也有盡頭。在這個落花時節你我重逢，可能這就是我們這一生最後一次相遇了。

重逢即是永別。

他寫盛唐時代像落花一樣，他寫個人的青春像落花一樣，他寫每個人的生命像落花一樣，都是無比脆弱。而我在這個落花的時節遇到了你，我也將在這個落花的時節和你告別。

何焯說：「四句渾渾說去，而世運之盛衰，年華之遲暮，兩人之流落，俱在言表。」(《義門讀書記》)

我們回過頭來想一下，這首詩為什麼會讓我們感動呢？大概是因為這首詩文字表面呈現出來的和它的深層情感之間有一個反差。

我們再來細讀這首詩的每一句話。「岐王宅裡尋常見，崔九堂前幾度聞。」這是一個美好的回憶。我們曾經在酒席上歡聲笑語，你當時的演奏贏得滿堂喝彩。這些都是如此美好。

「正是江南好風景」，他強調的是「好風景」。「落花時節又逢君」，重逢，同樣是快樂的。每一句話都是快樂，但是每一句話下面都是悲哀。隱藏在文字下面的東西，杜甫不講。

他好像是在故意掩飾。兩個人到了這把年紀，身上都帶著屬於各自的記憶，他們也都帶著屬於這個時代的記憶。當兩個人突然重逢的時候，他們不用說也知道過去自己有過什麼，也知道將來自己會面對什麼。這些是不必說的。

杜甫用很快樂、很美好的場景來掩飾自己不想提及，也不願意面對的悲哀。詩表面的文字和它內在的情感背道而馳，是兩個方向，一下子把這首詩的空間拉開了。

這首詩很簡單，但是這首詩又很複雜。它就像海明威說的冰山一樣，雖然只有很少一部分露在海面上，但仍然宏偉壯闊。

那些我們看不到的，深藏在海底。

第七講
旅途與故鄉

我們前面談過了愛情，談過了友情。這一講我們進入一個新的話題，旅途與故鄉。其實只要離開了故鄉，就都算是踏上了旅途吧，即便是暫時安定下來，心理上也總有一種「漂泊感」，覺得自己是「在路上」。旅途往往是很孤獨的，「萍水相逢，盡是他鄉之客」（王勃《滕王閣序》），偶爾比較幸運，「同是天涯淪落人，相逢何必曾相識」（白居易《琵琶行》）。

人在路上，就難免會想家，會懷念故鄉。故鄉不是一個抽象的概念，它有時候是一種味道，一道菜的味道，有時候是顏色，梅花的顏色，也會是聲音，是過了很多年自己還在使用的腔調，是月光，是無數個夜晚望著的那個方向。故鄉可能也是無法抵達，是不斷試圖接近，但接近卻會消失的存在。

—也許是個錯誤—

我們先來看杜牧的這首《南陵道中》：

南陵水面漫悠悠，風緊雲輕欲變秋。
正是客心孤迥處，誰家紅袖憑江樓？

「南陵水面漫悠悠，風緊雲輕欲變秋。」秋風吹過去，杜牧坐在船裡，漂漂蕩蕩。「正是客心孤迥處」，他當然知道，自己是一個客居他鄉的人，結果一抬頭，看見「誰家紅袖憑江樓」，這種在異鄉的孤獨感變得更強烈了。

為什麼孤獨更強烈了呢？俞陛雲對後面兩句的解釋很好：「意謂客懷孤寂之時，彼美誰家，江樓獨倚，因紅袖之當前，憶綠窗之人遠，遂引起鄉愁。雲鬟玉臂，遙念伊人，客心更無以自聊矣。」（《詩境淺說》）

因為看到江樓上這個女孩子，想起了自己家中的「伊人」。「想佳人妝樓顒望，誤幾回、天際識歸舟。」（柳永《八聲甘州．對瀟瀟暮雨灑江天》）想著她是不是每天也在盼望著自己回家，每天也是「獨倚望江樓」，但卻「過盡千帆皆不是」（溫庭筠《望江南．梳洗罷》）。

當然了，眼前江樓上這個姑娘，可能是在無心地眺望，也有可能是在等待屬於她自己的那個「歸人」。

如果是後者，對於這個女孩子來說，杜牧不是她期待的那個人。對於杜牧來說，這個女孩子也不是他心上的那個人。但是他們倆相遇了，這一場邂逅其實就是一個錯誤。

鄭愁予寫過一首很有名的詩，題目就叫《錯誤》。他是以一個過客的視角去寫的。漂泊在外的過客騎著馬，經過了一個女孩子的門前。詩的結尾說：「我達達的馬蹄是美麗的錯誤，我不是歸人，是個過客……」那個女孩子聽到馬蹄聲，還以為是她的丈夫回來了。對這個男孩子來講，這裡也不是他的終點。所以這次邂逅對兩個人來說都是一次錯誤。

他們觸發了彼此的心事，但又不是彼此的答案。

杜牧這首詩裡面有沒有這麼複雜的意思呢？可能沒有。那個姑娘有沒有看到杜牧呢？可能根本就沒看到，更談不上悵惘。我承認我在解讀的過程中加入了自己的想像。但是文學作品本身是開放的，也因此可以有很多理解的可能。閱讀有趣的地方就在於，我們可以充分地參與到這個過程中，而不是作為被動的接受者去接受某些現成的結論。

杜牧寫完這首詩以後，這首詩已經不屬於他了。當李白和杜甫寫完了他們的詩，他們的詩也都不屬於他們自己了。「作者之用心未必然，而讀者之用心何必不然。」（譚獻《〈復堂詞錄〉序》）好的作品會留下一個廣闊的空間，足夠後人去解讀，足夠後人在解讀的過程中使用自己的想像力，足夠後人在裡面看見許許多多的東西，比如我們自己。

閱讀始終是和我們自己有關的事。我們不必去尋求一個標準答案，也不需要得到什麼權威的認可。

對我們來說，文學其實就是一面鏡子，每一個人在裡面都會看到不同的自己。你可能看到的是你期待成為的樣子，可能是你現在害怕去面對的樣子，可能是你曾經有過的樣子。在人生中，孤獨是無法避免的。但是閱讀文學，在鏡子裡看見自己，會幫助我們善用自己身上的孤獨。

美國的文學批評家哈洛・卜倫寫過一本很有名的書叫《西方正典》（*The Western Canon*），裡面有這樣一段話：

莎士比亞或賽凡提斯，荷馬或但丁，喬叟或拉伯雷，閱讀他們作品的真正作用是增進內在自我的成長。深入研讀經典不會使人變好或變壞，也不會使公民變得更有用或更有害。心靈的自我對話本質上不是一種社會現實。西方經典的全部意義在於使人善用自己的孤獨，這一孤獨的最終形式是一個人和自己死亡的相遇。

卜倫說的是西方經典。其實對任何一種作品的閱讀來說，都是這樣。

一充滿未知的旅途一

當然了，敏感的詩人，他不只看到當下的自己。我們講過崔護的《題都城南莊》，「去年今日此門中，人面桃花相映紅」，唐詩裡回憶是很常見的寫法。故地重遊，看到物是人非，會覺得落寞惆悵。我們也講過一些詩人會預感到未來的悲傷，「預愁明日相思處，匹馬千山與萬山」（李嘉祐《夜宴南陵留別》）。對於在旅途中漂泊的詩人來說，他們對未來會更加敏感。比如張籍的這首《感春》：

> 遠客悠悠任病身，謝家池上又逢春。
> 明年各自東西去，此地看花是別人。

他在這裡看花，欣賞眼前的春天。但同時，他又不能完全沉浸在春天的美好裡。為什麼？因為是「遠客」，並且還是「病身」。他不屬於這裡。對此時此地的春天來說，他是一個外來者。對生機勃勃的春天來說，他也格格不入。他還想到，明年在這裡欣賞春天的會是誰呢？肯定換了一個人。他言下之意，這個地方換了別人，而他自己也會流落到別的地方。

從「各自」這裡，我們也可以推斷出，和他一起看花的，大概還有別人。大家同是作客他鄉。可是大家又同會各奔前程。明年此地的物是人非，

被詩人提前預料到。「砌下梨花一堆雪，明年誰此憑闌干。」（杜牧《初冬夜飲》）

詩人們之所以會想到未來的狀況，是因為有從前的人生經驗。對他們來說，命運是不確定的。因為從前就是這樣，每年漂來漂去的。每年看花的地方都不一樣，一起看花的人也不一樣。「可惜明年花更好，知與誰同。」（歐陽修《浪淘沙·把酒祝東風》）這些經歷構成了他們對命運的理解。所以他們會不自覺地想到，明年可能又要漂到別的地方去了。明年自己在不在這個世界上，都不一定了。

—他們也在想我吧—

張籍的《感春》是情感在時間軌道上的挪移。當然，情感也會在不同的空間裡自由流動，比如白居易的《邯鄲冬至夜思家》：

邯鄲驛裡逢冬至，抱膝燈前影伴身。
想得家中夜深坐，還應說著遠行人。

到了冬至的時候，家家戶戶團圓，晚上可能會吃一頓餃子。所以冬至的時候如果人在外面，會感到格外孤獨。

「抱膝燈前影伴身」，很形象。冬至的晚上，這個驛館裡不會有人了。大家都各自回到自己的家了。白居易一個人，抱著膝蓋，沒有人來陪著聊聊天，最後做伴的只剩下自己的影子。李白那句詩很有名，「舉杯邀明月，對影成三人」（《月下獨酌四首．其一》）。當一個人只剩下影子陪著自己的時候，那種孤獨的程度是很深的。

這首詩後面兩句寫得很巧妙，白居易寫的是另外一個空間。但是另外一個空間發生著什麼呢？他其實一點都不知道。全都是他自己想像出來的。所以他用的是「應」。「應」，就是大概，表示推測。說來說去，這些情況全都是他自己的想法。他沒有寫自己多麼多麼思念家裡的親人，他寫的是家裡的親人可能正在談論著自己，但是我們可以讀到裡面的思念。

我們試著還原一下他寫詩之前的心理過程。他自己「抱膝燈前」，周圍什麼都沒有，思緒很容易飄遠，飄著飄著就飄到家裡了。一個人在外面，想家再正常不過了。想家，想什麼呢？他們是不是已經吃上餃子啦？是不是正在圍著火爐取暖呀？是不是在一起說些閒話呀？說什麼呢？哎呀，再往下想，可能他們正在說我呢，說我一個人還在外面漂泊。這樣一想，就更難過了。於是提筆寫道：「想得家中夜深坐，還應說著遠行人。」

這種寫法最有名的就是王維的那首《九月九日憶山東兄弟》：

獨在異鄉為異客，每逢佳節倍思親。
遙知兄弟登高處，遍插茱萸少一人。

詩裡想像對方正在想自己，把詩人的思念反而寫得更深了。

冬至還不算特別特殊，大年三十是最特殊的時刻。大年三十的晚上，如

果還在外面流浪，最讓人難過。「人之興感，莫過於除夕；除夕之感，莫過於客中。」（唐汝詢《唐詩解》）

我們來看高適的《除夜作》：

旅館寒燈獨不眠，客心何事轉淒然。
故鄉今夜思千里，霜鬢明朝又一年。

除夜，就是除夕，大年三十的晚上。一年當中，你所有的日子都可以不在家裡，但是除夕說什麼都應該和家人團聚。高適說「故鄉今夜思千里」，他不說我想你們，他說你們現在可能正在家裡想我。這和白居易的寫法是一樣的，「想得家中夜深坐，還應說著遠行人」。「霜鬢明朝又一年」，霜鬢，頭髮都白了。唐汝詢說：「懷鄉方切，衰老繼之，客心所以悲。」（《唐詩解》）如果說現在很年輕的話，他可能也覺得沒什麼。但對現在的高適來說，活著就是活一年少一年。明天自己又長了一歲，而現在卻還在外面漂泊，在這樣一個特殊的時刻。

他盡量地想從現實當中脫離出來，我們可以看到他的努力。他說「故鄉今夜思千里」，把情緒轉移到了故鄉，轉移到了另外一個空間，可是他想到的是家人們可能正在想自己。他又想極力地把自己的情緒轉移到另外一個時間中，可是他發現明天這個時候，自己又長了一歲，時間在身上又劃了一道刻痕。這是一個無處可逃的困境。在這樣一個小小的旅館裡，他好像被囚禁在一個充滿哀傷的時空中。

家家戶戶都在團圓，一個在旅途中的漂泊者，陪伴他的只有這一盞孤燈。

一被推進春天的人一

我們再來看戴叔倫的《除夜宿石頭驛》：

旅館誰相問，寒燈獨可親。
一年將盡夜，萬里未歸人。
寥落悲前事，支離笑此身。
愁顏與衰鬢，明日又逢春。

戴叔倫這首詩也是寫除夕晚上，一個人在外獨自度過。「旅館誰相問，寒燈獨可親」，這個「親」用得有意思。徐增說：「燈卻對我，我卻不堪對燈。但旅館迫窄，無一步可移之處，只得向燈而坐，似覺可親。」（《而庵說唐詩》）陪著自己的，只剩下「深夜一枝燈」。崔塗的《巴山道中除夜書懷》裡有兩句，「亂山殘雪夜，孤燭異鄉人」，情境與戴叔倫這兩句類似。

「一年將盡夜，萬里未歸人。」寫得真好，看起來好像是家常話，平平淡淡地講出來，但是每一個字都很重。

戴叔倫在後面繼續寫道：「寥落悲前事，支離笑此身。」他回顧自己的前半生，他說我前半生就這樣過去了，一事無成。他說什麼事情都沒有做成，最後怎麼卻還落下這一身病，還在外面漂泊著？想著想著，他自己也覺得好笑。

「愁顏與衰鬢，明日又逢春。」如果我們單純來看最後一句，「明日又逢春」，其實是一件開心的事。明天又是春天了嘛。可是把它和前一句連起來看，你就看到他的無奈了。

他是什麼意思呢？他說我是一個配不上春天的人。春天，到處都是生機勃勃的，到處鶯飛草長，到處充滿希望。他說我有什麼呢？我什麼都沒有。我有的是已經衰老的容顏。有的是什麼呢？有的是一具被病痛纏繞的肉身。

他說我是一個不配走進春天的人。

他沒有希望了，他也沒有生機了，可是他被迫著被時間推進下一個春天。我想這是更難過的事情，他其實不願意往前走的，但是他被時間的巨輪推著向前。就像張籍寫的那首《感春》一樣，「謝家池上又逢春」。對他們來講，其實春天沒有那麼快樂。他們感受到自己其實已經被排除在外，但是卻又要無可奈何地走進春天。

上面這幾首詩都是寫旅途中的孤獨，而這幾首詩動人的地方就在於，它們發生在一些特殊的時刻，一些家家戶戶都在團圓的時刻，一個外部世界很喧鬧的時刻。除夕作為一個背景經常出現在文學作品裡。我再來舉一些小說中類似的例子。

比方說，當大家都在祝福的時候，到處都是歡樂的氣息，但是沒有人管祥林嫂（魯迅《祝福》）去哪兒了。她一個人在這樣一個熱鬧、喜樂、祥和的夜晚孤單地死去了。我們是在熱鬧中看到孤獨，在歡樂中看到人的冷漠。我們看見一個人悄悄地離開了這個世界，然而她的離開並沒有引起其他任何人的關心。她的死只會在第二天被人當作一個談論的話柄。僅此而已。

再比方說，汪曾祺寫過一篇小說叫《歲寒三友》。汪曾祺在小說裡寫了三個人，他們遇到了難關。到了大年三十這一天，別人都在家裡團聚，他們三個在酒館裡喝酒。汪曾祺最後一句寫得很簡潔，他說「外面，正下著大雪」，不光是寫一個自然環境，也是寫人間的冷。他們活在一個充滿苦難的冰冷的人間。而他們能做的，不過是把自己手裡這杯酒喝掉，借此獲得一點溫暖，借此暫時地逃脫。

西方也有類似的寫法，但不是除夕了。是什麼時候呢？是耶誕節。安徒生寫的《賣火柴的小女孩》，大家小時候都讀過。一個耶誕節的晚上，這邊櫥窗裡面燈火通明，那邊大家一起圍繞著餐桌吃火雞、吃蛋糕，這邊街角是賣火柴的小女孩。她劃著一根火柴，眼前出現了一個火雞，但是火柴一滅，她眼前什麼也沒有了。她又劃亮一個火柴，立馬出現了其他的東西。她又劃亮一根火柴，她眼前出現了她的祖母，可是她的祖母很快也消失了。到最後，她特別想抓住她祖母，她把手裡所有的火柴都劃盡了，在火柴的光裡，她的祖母把她帶走了，帶她去了另外一個世界，一個不再有寒冷和孤獨的世界。

—與平凡和解—

我們再讀一首杜甫的詩，《旅夜書懷》：

細草微風岸，危檣獨夜舟。
星垂平野闊，月湧大江流。
名豈文章著，官應老病休。
飄飄何所似，天地一沙鷗。

像戴叔倫一樣，在旅途中，一個人很容易想到的是自己這麼大年紀了還在漂泊，自己這麼大年紀了卻還一事無成。而這就是杜甫在這首詩裡問自己的一個問題：「名豈文章著，官應老病休。」

他說名聲難道是要靠文章來獲取的嗎？因為對古代的男性來講，文章反而沒那麼重要。重要的是什麼？你要做官，你要加入士大夫的隊伍。可是他說「官應老病休」，朝廷給他的任命遲遲沒有下來，他覺得可能永遠也不會下來了。自己現在已經這麼大歲數了，而且一身病，可能等不到了。難道自己的名聲是要靠這些文章傳揚下去嗎？

甚至最悲哀的就是，可能他對他自己寫的詩文也沒有那麼自信。雖然他在詩裡面不斷誇耀，比方說，他說「詩是吾家事」（《宗武生日》），他說自己「七齡思即壯，開口詠鳳凰」（《壯遊》）。但是當他過分強調的時候，我們可以看到一個沒有那麼自信的杜甫，對嗎？他對自己能不能靠文章而傳名於世這件事其實也沒有那麼自信。他在問自己，當然這也是我們每個人都會問自己的問題：

這樣平凡地過完自己的一生，會不會覺得甘心？

杜甫在這首詩裡創造了一個特別宏闊的空間。「星垂平野闊，月湧大江流。」在這片平原上面，我們看到了滿天的星星。我們會有一種錯覺，覺得這可能不是杜甫寫的。如果說李白寫出這樣的句子，我們會覺得比較適應。可是這的確是杜甫寫的，杜甫說「月湧大江流」。月光照在大江上面，奔騰不息的江水從自己眼前流過。他聽到的，是江水流過的聲音，他看到的，是穹蒼中的星斗。一個非常壯闊的畫面。

但杜甫不是要寫空間的大，他是要寫什麼？他是要寫細草，他說草是那麼渺小。他是要寫危檣，他說桅杆是那麼細瘦。他是要寫夜舟，他說停泊在那裡的小舟是如此孤獨。他是要寫鳥，他說在天地之間根本沒有人會注意到鳥的影子。

他是為了寫這些，所以他會寫一個特別大的空間。而在這麼大的一個空間裡，他寫的也不是草，也不是危檣，也不是夜舟，也不是鳥。

他寫的是他自己。

對杜甫來說，他就是那棵小草；對杜甫來說，他就是細瘦的桅杆，就是停泊在岸邊很孤獨的船；他就是沙鷗。

可能總有一天我們會面對這樣的問題。我可能實現不了「致君堯舜上，再使風俗淳」的理想了。那些宏大的東西已經離我而去了。曾經我不斷宣揚說要改變世界，可是到了這把年紀，已經被世界改變得沒有繼續改變的餘地了。

在那一刻，你會不會覺得甘心？

可能在那一刻，在你發現自己無能為力的時候，你會看到滿天的星斗，你會看到月光，你會聽到江水流淌的聲音，你會看到孤獨的沙鷗的影子，你會發現原來自己的影子和它的影子，重疊在了一起。

這就是杜甫的這首《旅夜書懷》。

一那一晚的鐘聲一

我們再來讀張繼的《楓橋夜泊》：

月落烏啼霜滿天，江楓漁火對愁眠。
姑蘇城外寒山寺，夜半鐘聲到客船。

歐陽修讀完張繼的這首詩之後，有過一個評價。他說「其如三更不是打鐘時」，意思是張繼犯了一個常識性錯誤，寺廟晚上是不敲鐘的。歐陽修之後，許多人都拿出證據反駁了他的觀點，證明的確有寺廟在晚上敲鐘。

為什麼講這件事呢？我們讀詩歌，不要過於拘泥於它和現實的關係。一方面，我們對現實很多的情況，瞭解得不是很全面。另一方面，詩歌也不完全是對現實的反映。我們為什麼講意象，意象是什麼呢？意象是你心靈的一個象，它不是物象，它是經過變形的象。客觀的世界在詩人的心裡經過了一次變形之後，才呈現在詩裡的。詩是什麼？詩就是語言對這個世界的變形。所以如果我們過於拘泥詩歌和現實的關係，你會發現我們其實是在刻舟求劍，是在買櫝還珠。我們拿著現實的尺規去卡詩歌裡的字句，這對理解詩歌是無效的。

臺灣有個著名的散文家叫張曉風。她寫過一篇散文，題目是《不朽的失眠》，就是寫張繼這首《楓橋夜泊》的。她想像了很多場景。她說張繼這天心情很不好，為什麼很不好？因為他科舉落榜了。他晚上就停泊在楓橋這裡，失眠了一晚上。但是這場失眠是不朽的失眠，因為它造就了這首偉大的詩。

這些場景並沒有什麼歷史依據，完全是張曉風自己想像出來的。閱讀詩歌的時候，詩人的生平、作品的背景並不能有效地幫助我們去理解一首詩。這一點我們在第一講裡已經談過了。讀完張曉風的散文再來讀這首《楓橋夜泊》，這首詩就被固定在一個很有限的空間裡了，所有的前因後果都坐實了。我們獲得了一種理解，但同時失去了其他理解的可能。

我一直覺得，所謂的詩人逸事其實和讀詩這件事一點兒關係都沒有。甚至可以這樣說，作品要大於作者。李白重要，不是因為他讓高力士給他脫靴子才重要。李白重要是因為他寫了《將進酒》，寫了《蜀道難》，寫了《靜夜思》，是因為他寫了很多我們今天讀起來仍然感動的詩歌。重要的是詩，而不是詩人。當作者完成了這個作品之後，作品就不屬於他了。如果作品能夠超越時間，它會留給後人很大的空間。我們可以不斷在裡面看到不同的東西。

下面我們來讀這首詩。

「月落烏啼霜滿天。」前半夜的時候月亮升起，到後半夜的時候月亮慢慢落下去了。這裡的霜大概指的是月光，像霜一樣的月光灑滿了整個夜空。

「江楓漁火對愁眠。」這首詩他只在這一句裡提到了自己的情緒——愁。「江楓漁火」，這四個字很漂亮。也許沒有什麼深意，但是它很美。美是不需要理由的。「潮落夜江斜月裡，兩三星火是瓜洲」（張祜《題金陵渡》），畫面與這一句很像。

其實我覺得也沒有必要解釋這首詩，大家自己唸一遍，覺得美，就可以了。俞平伯在北大講詞，就是唸一遍。比方說他講到李清照的《醉花陰．薄霧濃雲愁永晝》，「莫道不消魂，簾卷西風，人比黃花瘦」。他說好，真好，就下課了。汪曾祺回憶他早年在西南聯大的老師唐蘭，也是這樣。上課的時候拿無錫話唸一遍，「雙鬢隔香紅，玉釵頭上風」（溫庭筠《菩薩蠻．水精簾裡頗黎枕》），就結束了。文學有時候不能完全依賴於講解。我這樣逐句地講，其實很煞風景。

「姑蘇城外寒山寺。」詩的完成，往往是很偶然的事情。張繼這一晚停泊在這裡，恰巧旁邊的寺就叫寒山寺。寒山這個地名和整個詩的意境，和詩人此刻的情緒是很協調的。我換一下就不一樣了，如果是「南城門外報恩寺」，感覺就不對了。寒山寺這個名字不是詩人編造的，那個寺的確就叫寒山寺，可是這三個字唸出來，就是此時此地詩人的情緒。他感受到冷，感受到枯寂，而恰好有這樣一個地名就在眼前出現了。

「夜半鐘聲到客船。」這首詩你說他在寫愁，他愁什麼呢？張曉風把它固定了，說他是因為考試沒考好，所以愁。可是我覺得不是。我們讀的時候，不要把這個愁固定成一種愁。你不知道他在愁什麼，可能張繼自己都不知道在愁什麼，可能他只是感受到了旅途中的一種孤獨感。

而這種孤獨感也不只是單單出現在這一次旅途裡，它貫穿我們的整個人生。人生本身就是一場旅途，在這場旅途當中，我們都會感到孤獨。

他聽到了遠處傳來的鐘聲，鐘聲是從寺廟裡傳來的。寺廟裡的鐘聲往往帶有啟示意義。這個鐘聲在傳達著什麼呢？它也許在敲醒一個在人生的旅途中漂泊著的、感到疲憊和孤獨的人。

當然，這個鐘聲可以向他啟示著什麼，這個鐘聲也可以只是鐘聲本身。一千多年過去了，我們今天仍然可以聽到那個晚上的鐘聲。它越過水面，從歷史的深處傳來，餘音嫋嫋，波瀾不驚，讓我們感到平靜。

刻在DNA上的鄉愁

我們下面要聊一聊故鄉。從哪裡開始呢？就從這首《靜夜思》開始吧：

床前明月光，疑是地上霜。
舉頭望明月，低頭思故鄉。

「床前明月光，疑是地上霜。」詩人提出了一個問題，地上的一團白光，他不確定到底是月光，還是寒霜。這首詩我們從小背到大，太熟悉了，反而忽略了背後隱藏的東西。用霜來形容月光，在古代很常見。「夜月似秋霜」（蕭綱《玄圃納涼詩》），「空裡流霜不覺飛」（張若虛《春江花月夜》）。月光和霜，都很皎潔、乾淨，同時都有涼意。所以這首詩從一開始，就是涼的。

霜在溫度低的時候才會出現。前半夜沒有，往往後半夜才有。但詩人在這裡的困惑是很自然的，是下意識的。他幾乎沒有猶豫地困惑了。為什麼？

他其實在告訴我們，這個夜晚已經過去了一半。這是一個在後半夜試著說服自己入睡的人。

徐增說：「客中無事之夜，於床前數尺地，忽見一片之光。寒月色白，故疑是霜，意以為天曉矣。」（《而庵說唐詩》）

徐增的說法也有道理。如果是這樣，我們就更能理解詩人為什麼要追問這個看起來沒什麼意義的問題了。他試圖確定的，其實不是到底是霜還是月光。他要確定的，是這個晚上是不是已經結束了。

「床前明月光，疑是地上霜。」這兩句詩背後，站著一個失眠的旅人。

他沒有睡著，沒有睡著當然有很多原因了。雖然沒有講，但是我們大概也能讀出來一個人在旅途中漂泊的那種孤單。

接下來，「舉頭望明月」，這個動作是下意識的。我們可以想像，詩人本來要睡覺了。可能他已經說服自己，你應該睡覺了。他可能已經試著讓自己把所有的情緒都按在心底了。他已經試圖把可能會困擾到他、讓他難過的那些東西，都按下去了。可是當他抬起頭的一瞬間，月光一下子把那些情緒全部喚醒。「舉頭望明月，低頭思故鄉。」

李白詩歌裡最常見的兩個要素，一個是酒，一個是月光。余光中寫過一首詩，叫《尋李白》。他說：「酒入豪腸，七分釀成了月光，餘下的三分嘯成劍氣，繡口一吐就半個盛唐。」

我們會發現，李白每次寫到月亮的時候，他其實毫無愧色，他和月亮是一個很平等的狀態，甚至他在月亮面前是很狂傲的。「青天有月來幾時？我今停杯一問之。」（《把酒問月．故人賈淳令予問之》）「舉杯邀明月，對影成三人。」（《月下獨酌四首．其一》）「我寄愁心與明月，隨君直到夜郎西。」（《聞王昌齡左遷龍標遙有此寄》）「小時不識月，呼作白玉盤。又疑瑤臺鏡，飛在青雲端。」（《古朗月行》）

但是在《靜夜思》裡，李白最後一句寫的是「低頭思故鄉」。「低頭」這兩個字，特別不李白。「仰天大笑出門去，我輩豈是蓬蒿人。」（《南陵別兒童入京》）這是我們印象裡的李白。可是在這首詩裡，李白低下頭。

你忽然發現，一個人在月亮面前開始變得不知所措。

為什麼？因為他被月亮喚起了太多太多的情緒，而這些情緒本來已經被他壓下去了。他可能已經做好了要睡覺的準備，可是當他抬起頭那一刻，所有的情緒都翻湧上來了。

月亮對古人來說很重要，所以經常會出現在文人的筆下。月亮往往會加劇思念。看到月亮，會想到遠方同在月亮下的故鄉、親人。對很多漂泊在外、遠離故鄉的人來說，就像月亮在這個晚上對於李白來說，月亮同時也意味著一種距離。當他「舉頭望明月」的時候，月亮跟他之間是有距離的，而這個距離永遠無法踰越。月亮是他永遠無法抵達的一個存在。而月亮和他之間的距離，其實就如同故鄉和他之間的距離。故鄉也成了一個無法抵達的存在。

古人小時候，啟蒙讀物是《詩經》，大家是從「關關雎鳩，在河之洲」開始進入到更古老的情感世界。不知道從什麼時候開始，我們的啟蒙變成了「春眠不覺曉，處處聞啼鳥」，變成了「床前明月光，疑是地上霜」。《靜夜思》這首詩其實是和我們的童年、故鄉聯繫在一起的。我們當中的大部分人，是在故鄉完成了唐詩的啟蒙。一代一代的人，是在故鄉獲得了對這首詩的認知。

可是這是一首思鄉的詩。

很多年之後，我們可能會離開故鄉，當我們回憶起自己的故鄉，回憶起自己的童年的時候，我們會發現自己關於童年、關於故鄉的記憶是附著在一首思鄉的詩上面的。

當我們小時候在故鄉去背這首詩的時候，並不會意識到，這可能是命運在我們生活裡面埋下的一個伏筆。我們會發現思鄉的情緒其實很早之前已經刻在了自己的DNA上面。而當我們離開故鄉，在某個夜晚，我們和李白一樣抬起頭來看著月亮的時候，我們心裡的情緒，那些早已經刻在DNA上的情緒，會被月光喚醒。

一還有幾句未完的話一

當我們離開了故鄉之後，和故鄉如何保持聯繫呢？可能書信是一個很好的方式，我們來讀張籍的這首《秋思》：

洛陽城裡見秋風，欲作家書意萬重。
復恐匆匆說不盡，行人臨發又開封。

「洛陽城裡見秋風」，為什麼見到秋風，就「欲作家書意萬重」？我們會發現風其實是見不到的，風沒有顏色，也沒有形狀。他見到的是什麼？是秋風帶給這個世界的變化。

秋風會讓詩人感受到一種生命衰颯的氣息。秋風讓詩人看到落葉，看到北雁南歸。張籍的家鄉在南方，他在洛陽城裡做官，可能他看到大雁南飛，也會想起自己的故鄉吧。

這裡其實還有一個典故。西晉的時候有一個人叫張翰。有一天颳起了秋風，他感受到了秋天的寒涼，一下子想起了自己的家鄉。他想起了家鄉的什麼呢？他想起了家鄉的菜，蓴菜羹、鱸魚膾。他說人活一輩子，就活一個開心，就活一個痛快，我幹麼要跑到千里之外的這個地方來做官呢？我幹麼放著我家鄉的美味不去享用呢？然後他就辭官了，回家去了。當然，這裡面也許有政治的原因。想起家鄉的鱸魚膾、蓴菜羹，就辭官不幹了，或許只是一個藉口。其實他是為了逃避政治上的鬥爭。

可是食物和思鄉之間到底有沒有關係呢？阿城寫過一篇文章，叫《思鄉與蛋白酶》。他在這篇文章裡就講了思鄉和食物之間的關係。小時候，父母都勸孩子們不要挑食。為什麼不讓小孩子挑食？因為人在童年時期，腸胃裡的蛋白酶結構還不太穩定，需要吃各種各樣的東西，來形成比較豐富的蛋白酶結構。這樣長大以後你才可以消化不同的食物。你的飲食習慣慢慢固定下來之後，蛋白酶結構就不太容易被改變了。很多年之後，你到別的地方去，你第一天吃那裡的飯，晚上一定會想家。阿城說是你胃裡面的蛋白酶消化不了那些東西，於是引發了你情緒上的變化。他講的也許有一定道理吧。

所以張翰有可能的確是因為想到了家鄉的鱸魚，想到了家鄉的蓴菜羹，於是辭官不幹了。

回到這首詩。張籍可能也是想到了家鄉的食物，所以才會想要寫一封家書。對古人來說，書信是很貴重的東西。「欲作家書意萬重」，每次寫信，都有很多話要講。拿起筆來，千頭萬緒，又不知道從哪裡說起。好不容易寫完了，要找人把信送出去，結果「復恐匆匆說不盡，行人臨發又開封」。怕剛才在信裡遺漏了什麼，送信的人剛剛出門又把他叫回來，把信封打開，添上了很多想說的話。

張籍比較幸運，他還有信可寫。有的人連信都沒的寫，像岑參，「馬上相逢無紙筆」，只能「憑君傳語報平安」（《逢入京使》）。他手頭沒有紙也沒有筆，有一肚子話想說卻說不了。最後怎麼辦？如果和那個路上碰到的朋友講很多，他回去可能就忘了。千言萬語最後化成一句話：帶個口信回去，說我在這邊一切都好就可以了。張籍還可以「行人臨發又開封」，比岑參好一些。

可是他最後把信寫好了，補充完了，寄出去之後怎麼樣？之後漫長的等待就開始了。「雲中誰寄錦書來」（李清照《一剪梅．紅藕香殘玉簟秋》），就開始等了，開始盼了。

我們今天可以語音，可以視頻，我們看起來離得更近了，但其實好像又離得更遠了。古人只靠文字，憑著文字去想像對方的模樣、表情，想像對方的一切。文字和實際的情況之間是有距離的。每一個讀信的人，他在讀信的時候，都通過自己的想像走過了一段很長的距離。可是在他走過這段距離之後，其實彼此之間的感情反而變深了。

一熬成故鄉的他鄉一

我們再看劉皂的這首《渡桑乾》：

客舍並州已十霜，歸心日夜憶咸陽。

無端更渡桑乾水，卻望並州是故鄉。

詩人的故鄉在咸陽。可是因為某些特殊的原因，他在並州住了十年。在外面客居的這十年，沒有哪一天不想家。有一天終於要離開這裡了，可是卻要去更遠的地方。當他再回頭看並州的時候，發現並州好像成了自己的第二個故鄉。

這是很難過的事情。他已經把他鄉熬成了故鄉。

「無端更渡桑乾水，卻望並州是故鄉。」他用的是「無端」這兩個字，他說沒有什麼理由的，不知道為什麼就要離開。當然這不可能，一定是因為某些迫不得已的理由，他需要離開這個地方。可是他用的是「無端」，他在講什麼？他在講命運的不可捉摸，他在講命運的不確定性，好像有一隻命運的手在抓著你。你今天在這裡，明天在那裡，這些都是不受你控制的。他此刻當然想回到故鄉了，可是沒有機會。他想繼續留在這個他已經熬成第二故鄉的地方，同樣沒有機會。

在古詩裡，這種寫法比較常見，叫作「加一倍寫法」。A情況是我們常人能夠理解的一個很悲傷的情況，可是我經歷的不只是A情況，而是在A情況上又加一倍的B情況。「客舍並州」，這是常有的離別故鄉的情況，可是我現在連這個地方都沒辦法繼續待下去。

我舉幾個例子，比方說王勃寫的《秋江送別二首·其一》，「已覺逝川傷別念，復看津樹隱離舟」。再比方說《紅樓夢》裡面林黛玉寫的那首《秋窗風雨夕》，「已覺秋窗秋不盡，那堪風雨助淒涼」。已經百花凋零，已經秋風蕭瑟了，更何況滿天淒風冷雨，讓人怎麼承受得住呢？

一客，從何處來一

我們前面講了好多思鄉，故鄉好像總是在遠處，永遠也回不去。最後我們來讀一首終於回到了故鄉的詩，賀知章的《回鄉偶書二首·其一》：

少小離家老大回，鄉音無改鬢毛衰。
兒童相見不相識，笑問客從何處來？

賀知章三十七歲的時候中了進士，在這之前他就已經離開家鄉了。他八十六歲的時候回鄉。這個時候距離他離開家鄉超過了半個世紀的時間。曾經的親人、朋友，肯定是「訪舊半為鬼」了。家鄉的這些小孩子肯定也沒見過他，所以他們見面就會問，「客從何處來」呀？

我們還原一下賀知章寫詩的現場。先是有一群孩子問了他這個問題，他才有感而發，寫下這首詩。而當他提筆寫詩的時候，他其實有著非常複雜的情緒。他在這些孩子身上看到了曾經的自己，那個「少小離家」、「鄉音無改」的自己，但同時，他也看到了現在的自己，「老大回」、「鬢毛衰」。我們把這首詩的前兩句從中間切開。第一句前半部分，「少小離家」，寫他小的時候離家。第二句前半部分，「鄉音無改」，故鄉的語音語調烙在他身上，沒有被時間改變。而每一句的中間像是有一個時光的稜鏡，折射出半生的變化。兩相對照，中間是長達半個世紀的時間跨度。歲月的滄桑感一下子出來了。

其實不只是「兒童相見不相識」，賀知章自己看著鏡子裡的自己，恐怕也認不出來了吧。

我們來讀一首呂溫的《讀小弟詩有感，因口號以示之》。這首詩或許可以幫助我們理解賀知章《回鄉偶書》裡的情緒：

憶吾未冠賞年華，二十年間在咄嗟。
今來羨汝看花歲，似汝追思昨日花。

呂溫讀到了他小弟寫的詩，有感而發。他小弟寫了一首什麼詩呢？「似汝追思昨日花」，詩的內容就是他小弟追思昨天看花的情景。昨天看花花還在，可能今天看花花就不在了。所以看到花的衰落，想到自己，感受到時間在自己身上的變化。

呂溫看到了他小弟感慨時間的變化，他看到的不只是他小弟，他看到的是什麼？是他自己，他在他的小弟身上看到了自己。今天的「你」，就是曾經的「我」，而「我」看「你」，就像你看你昨天的自己一樣。

回過頭來，我們再來看賀知章的這首詩。「兒童相見不相識，笑問客從何處來。」他在兒童身上看到了自己，可是悲哀的是，他成了一個不被故鄉接納的人，他成了這個故鄉不認識的人，他成了一個故鄉的異鄉人。

其實最後這個問題他也是在問自己，「客從何處來」？我到底是從哪裡來的？我的故鄉在哪裡？是京城嗎？還是這裡呢？其實可能兩邊都不會接納他。他成了一個無所依憑、沒有著落的異鄉人。

我們可以聽見這些小孩子歡快的笑聲，我們也可以看到一個老人孤獨的眼淚。

如果我們拋開這首詩的具體語境，最後一句其實是一個屬於我們人類的共同問題：客從何處來？你是從哪裡來的？你的故鄉在哪裡？而有一天你又會回到哪裡去呢？這個故鄉可能不是指一個有形的故鄉，不是一個具體的地圖上的坐標。這個故鄉更多指的是你精神的故鄉。

德國哲學家海德格（Martin Heidegger）說「詩人的天職是還鄉」。我們精神的原鄉，在哪裡呢？

第八講
黃昏與月光

從這一講開始，我們要進入到一些特殊的時刻，一些在唐詩中出現比較多的時刻。這些時刻往往和自然有關。我們會發現，自然的變化會影響到人情緒的變化。鍾嶸說：「氣之動物，物之感人。」(《詩品》) 劉勰說：「春秋代序，陰陽慘舒，物色之動，心亦搖焉。」又說：「歲有其物，物有其容；情以物遷，辭以情發。」(《文心雕龍》)

當然了，自然的變化其實只是起一個催化劑的作用。詩人寫詩，主要還是因為心裡有感情。但是這個感情在普通的時刻也許是「休眠」的狀態。當外物發生變化的時候，詩人的內心也被觸動了，於是情不自已。這些特殊的時刻也好像是放大鏡一樣。作客他鄉，懷才不遇，生離死別……在一些特殊的時刻裡，同樣的情感可能會被放大好幾倍。

同時我們也會談到一些常見的意象，以及和這些意象相關的情感內涵。

我們先從一個較短的時段說起。一天裡，什麼時候比較容易哀傷呢？我想一個是黃昏，唐汝詢說：「一日之愁，黃昏為切。」(《唐詩解》)。還有就是深夜。深夜無眠，只有天上一輪孤月陪著自己的時候，月光也會使惆悵變濃。

—牛和羊已經回家了—

我們先來看黃昏。中國最早的關於黃昏的詩歌，大概是《詩經》裡的《王風・君子于役》：

君子于役，不知其期。曷至哉？
雞棲于塒，日之夕矣，羊牛下來。
君子于役，如之何勿思！
君子于役，不日不月。曷其有佸？
雞棲于桀，日之夕矣，羊牛下括。
君子于役，苟無飢渴！

《詩經》中有很多很好的詩，其實只要破除了文字的障礙，你會發現它表達的情感離今天的我們很近。

這首《王風．君子于役》講的是什麼呢？丈夫在外面行軍打仗，妻子每天期盼她的丈夫回來。她說「君子于役，不知其期」，不知道丈夫什麼時候能回家。我們在《沙場與閨房》那一講裡講過邊塞詩和閨怨詩，講過征人婦的形象。其實從《詩經》開始，類似的形象就已經出現了。

「雞棲于塒」，塒就是雞窩。到了傍晚，天暗下來，雞回到自己的窩裡要睡覺了。「日之夕矣，羊牛下來。」夕陽要落山了，羊啊牛啊也從山坡上下來，回到了自己的圈裡棚裡。

她在講什麼呢？她在講雞、鴨、牛、羊都回到了自己的家，為什麼我思念的那個人還遠在天涯？

這首詩寫得很平靜。自然的一切都要安息了。萬物即將進入夜晚的寧靜時刻。只有一個內心失落的人在自言自語：他什麼時候能回家呢？

從這首詩開始，和黃昏有關的意象就不斷出現在詩人的筆下。錢鍾書先生提煉出一個概念，叫作「暝色起愁」。一到了傍晚，到了黃昏，看到夕陽西下，詩人們的愁緒就紛湧而來。或者說，詩人們很喜歡寫黃昏，而詩歌裡的主人公在黃昏的背景下往往會感到哀傷。

我們會發現寫黃昏的詩句太多了。「暝色入高樓，有人樓上愁。」（李白《菩薩蠻・平林漠漠煙如織》）「落日樓頭，斷鴻聲裡，江南遊子。」（辛棄疾《水龍吟・登建康賞心亭》）「梧桐更兼細雨，到黃昏、點點滴滴。」（李清照《聲聲慢・尋尋覓覓》）還有很多可舉的例子。黃昏和很多情緒都建立了聯繫。

一青春融化在夕陽裡一

清代的許瑤光寫過《再讀〈詩經〉四十二首》，裡面有一首說《王風・君子于役》「已啟唐人閨怨句，最難消遣是昏黃」。唐代的閨怨詩其實可以在《詩經》裡找到源頭。我們來讀一首劉方平的《春怨》。和《王風・君子于役》一樣，《春怨》和等待有關，也和失望有關：

紗窗日落漸黃昏，金屋無人見淚痕。

寂寞空庭春欲晚，梨花滿地不開門。

「紗窗日落漸黃昏」，窗外夕陽西下，事物的影子被落日拉長。「金屋無人見淚痕」，我們講宮怨詩的時候講過「金屋藏嬌」的典故。這首詩你可以把它理解成是一首宮怨詩。住在金屋裡的女子，等待著君主的寵幸，但是怎麼等也等不到。當然了，這裡也不一定就是指宮裡的女子。

這一天又要結束了。又是期待落空的一天。又是要一個人獨自面對的深夜。如果我們把黃昏和後面的落花結合在一起，你會發現黃昏在這裡不僅僅意味著希望的落空，它還意味著什麼呢？青春的逝去。劉拜山評價這首詩說：「曰『黃昏』，曰『春晚』，傷年華之將逝。」（《千首唐人絕句》）

沒有一個人可以永遠活在自己的青春裡。「最是人間留不住，朱顏辭鏡花辭樹。」（王國維《蝶戀花．閱盡天涯離別苦》）「不悲花落早，悲妾似花身。」（杜荀鶴《春閨怨》）每個人都會無可避免地老去。對這個女孩子來說，這是讓她覺得難過的事實。

「寂寞空庭春欲晚，梨花滿地不開門。」她知道外面有梨花，可是她不敢開門。為什麼呢？「不忍見梨花之落，所以掩門耳。」（唐汝詢《唐詩解》）因為她怕看見滿地落花，她怕看見自己融化在夕陽裡的青春。

李清照寫過一首《如夢令・昨夜雨疏風驟》：

昨夜雨疏風驟，濃睡不消殘酒。
試問捲簾人，卻道海棠依舊。
知否，知否？應是綠肥紅瘦。

這首詞可以幫助我們理解《春怨》裡「不開門」的心情。晚上有風雨，花也一定被打落了。李清照知道自己的生命有一天也會是這樣，於是用酒來解愁。

第二天早上醒過來，她知道外面有落花，可是她不敢去看，她讓她的侍女去看。侍女大概隨便看了一眼，回來「卻道海棠依舊」。她說沒有變化，海棠花還在那兒好好的。李清照說怎麼可能，「知否，知否？應是綠肥紅瘦」。那些花現在肯定已經落到地上，剩下的恐怕只有葉子了。

詩人是敏感的，普通人可能就沒那麼敏感了。侍女不會關注到花有沒有落，即便看到了，可能也不會有什麼哀傷。

有時候太敏感也並不是什麼好事，做個詩人反而沒有普通人過得開心。

一時間不會等你一

張喬的這首《河湟舊卒》寫了一個在黃昏裡吹笛的老兵：

少年隨將討河湟，頭白時清返故鄉。
十萬漢軍零落盡，獨吹邊曲向殘陽。

「少年隨將討河湟」，年輕的時候跟著將領去征討失地，「頭白時清返故鄉」，可是等到時局安定了、頭髮白了之後才回到家鄉。「十五從軍征，八十始得歸。」（《十五從軍征》）一生就交待在戰場上面。

「十萬漢軍零落盡」，曾經和他一起去打仗的那些戰友，現在已經回不來了。我們前面講過許多和戰爭有關的詩。「漢月高時望不歸」，「萬里長征人未還」，「五千貂錦喪胡塵」……戰爭就是這樣，「由來征戰地，不見有人還」。

「獨吹邊曲向殘陽」，夕陽下，一個老人，吹著一首邊地的曲子。可能當年在邊地，每次這樣的曲調響起來的時候，他都會意識到自己是這裡的陌生人，他都會想起自己遙遠的故鄉。可是當他年老回到故鄉的時候，他在夕陽下卻又吹起了邊地的樂曲。為什麼呢？

我們會發現，人的記憶其實是附著在很多東西上面的。比方說馬塞爾．普魯斯特（Marcel Proust）寫《追憶似水年華》（*À La Recherche Du Temps Perdu*），主人公吃到一塊小瑪德蓮點心，很多的回憶就奔湧而來。還有比方說一首歌曲。有時候我們會單曲迴圈一首歌，也許過了一段時間就不聽了。但是有一天偶然聽到，當時單曲迴圈的那一段記憶，那段時光的情緒、氣氛、味道就全都回來了。

老人吹這首曲子，其實是在紀念他在戰場上付出的、已經離他而去的青春。他是在紀念他的戰友，那些再也回不來的戰友。所以當他不斷地吹起這首曲子的時候，實際上是在不斷地走進曾經的那些記憶。

這首曲子有一個背景色——夕陽。我們在講懷古詩的時候提到過，夕陽經常作為一種背景色出現在懷古詩裡。夕陽其實是時間的顏色。夕陽既和時代的滄海桑田有關，也和個人青春的消逝、生命的衰頹有關。詩人寫到這個老人「獨吹邊曲向殘陽」，其實也是在寫這個老人進入到了自己生命中的黃昏。他也會像夕陽一樣緩緩落下，他也即將走向那個每個人都會面臨的終點。

所以我們會發現，夕陽也是關於一個人一生終結的象徵。「昔我往矣，楊柳依依。今我來思，雨雪霏霏。」（《詩經．小雅．采薇》）你不要以為詩人只是單純地在寫春天和冬天，他是在寫一個人從自己生命的春天走向了生命的寒冬。這首也是這樣，一個少年從帶著希望的、帶著活力的朝陽時刻，走向了自己生命中的夕陽時刻。

我們都知道夸父追日的故事：「夸父與日逐走，入日。渴、欲得飲，飲於河、渭，河、渭不足，北飲大澤。未至，道渴而死。棄其杖，化為鄧林。」（《山海經》）

一個民族的神話常常包含著這個民族的集體無意識。我們迫切地想要留住那個不斷下沉的太陽，我們迫切地希望它停在這一刻。你不斷地去追趕，可是它下沉的速度比你奔跑的速度要快得多。時間是留不住的。

這裡面隱藏著的是其實我們對於時間的焦慮，隱藏的是我們對於死亡終將到來的不安和恐懼。夸父終究沒有追上太陽。我們試圖去留住時間，可是時間不會等我們。夕陽最終是會落下去的。

一在消失前駐足一

我們來讀李商隱的《樂遊原》：

向晚意不適，驅車登古原。
夕陽無限好，只是近黃昏。

黃昏時候的很多愁是非常具體的。比方說我們前面講到的《王風・君子于役》，就是一種期待的落空，一種希望泯滅的惆悵。比如劉方平的《春怨》，到了黃昏，產生了年華逝去的悲哀。《河湟舊卒》裡的黃昏就不只和青春有關了，還有整個生命的大終結。這些都是黃昏容易引發的情緒。

在李商隱這首詩裡，具體是一種什麼愁呢？他沒有說。他只是說自己「向晚意不適」，到了傍晚，不開心了。於是「驅車登古原」。古原，就是樂遊原。樂遊原是長安地勢比較高的地方。到了樂遊原，可以看到整個長安城。大概他想到樂遊原上去散散心。

「夕陽無限好，只是近黃昏。」當他到了古原上之後，他面對的是什麼呢？他面對的是即將落下的夕陽。

紀昀說這首詩「百感茫茫，一時交集，謂之悲身世可，謂之憂時事亦可」（《玉谿生詩說》）。

這首詩可以和時代有關。我們站在後人的視角去看，我們知道李商隱是晚唐的詩人，唐朝正處在衰落的時期，不久就要滅亡了。可能他在當時也會有這種敏感，會意識到時代是下沉的。「烏衣巷口夕陽斜」，「落日秋聲渭水濱」，「古槐疏冷夕陽多」……夕陽下落的軌跡和時代的軌跡重合在了一起。這首詩裡可能也有所謂的「沉淪之痛」。

這首詩也可以和李商隱個人的生命有關，可以是一種年華遲暮的落寞。他可能感受到自己正走在生命的黃昏裡，自己也終將走向死亡這個必然的終點。而他還有很多沒有實現的理想，這些可能都沒有機會去實現了。

這首詩也可以和美有關。在這樣一個時刻，李商隱感受到了一種美。他說，「夕陽無限好」。夕陽是美的，夕陽下的景色也是美的。「煙樹人家，在微明夕照中，如天開圖畫。」（俞陛雲《詩境淺說》）雖然這種美並不持久。劉永濟說：「作者因晚登古原，見夕陽雖好而黃昏將至，遂有美景不常之感。」（《唐人絕句精華》）但是在李商隱的生命中，這種美曾經存在過，而他也在落日消失之前為它駐足片刻，我想這就足夠了。

人的生命其實和夕陽一樣，是短暫卻美好的。時間不能為我們停留，我們卻可以在美的面前駐足。

一月光是一座橋一

接下來我們要講的是月光。

寫詩其實很苦，快樂的時候一般不會有什麼表達的衝動，詩裡面像「卻看妻子愁何在，漫捲詩書喜欲狂」（杜甫《聞官軍收河南河北》）這樣的句子是很少的，大部分都是寫哀愁、傷感。「情動於中，而形於言。」這個情，往往都是在這個世界上咽下的苦。劉勰講「蚌病成珠」。我們今天讀詩，有時候覺得美，像一顆顆珍珠。但是想想珍珠產生的過程，就知道作詩不是什麼容易的事了。

除了黃昏，詩歌裡出現比較多的時間是晚上。是因為心裡有放不下的事，有睡不著的愁，所以往往「輾轉反側」之後就「攬衣起徘徊」（《明月何皎皎》）。詩人看著天上一輪孤月，內心被澄澈的月光觸動，原有的情緒被激蕩開來，於是「揮毫落紙如雲煙」（杜甫《飲中八仙歌》）。

月亮經常出現在詩裡，但是附著在月光上的情，和具體的情境有關。月亮本身是無情的，但是看月的人有情，於是月亮便被賦予了不同的意義。李商隱寫過一首《月》：

過水穿樓觸處明，藏人帶樹遠含清。
初生欲缺虛惆悵，未必圓時即有情。

看見一彎殘月就心生惆悵，可能是因為自己所處的環境不如意。而通常想到月圓的時候就開心，也只不過是自己的一廂情願。李商隱說，月亮未必對人有情。金榜題名的時候，看殘月也會覺得美。落第了，或者被貶了，月圓反而讓人心裡更愁。張泌有一首《寄人》：

別夢依依到謝家，小廊回合曲闌斜。
多情只有春庭月，猶為離人照落花。

月亮未必多情，只是詩人把自己的心情投射到了月亮上，才覺得月亮是多情的。

因此月光在詩裡怎麼變化，純粹是依賴作者彼時彼刻的心境。

我們這裡談兩種出現頻率比較高的、和月亮有關的情感。

第一，月亮往往和永恆聯繫在一起。這一點我們前面在講懷古詩的時候提到過。「淮水東邊舊時月，夜深還過女牆來。」（劉禹錫《石頭城》）「只今唯有西江月，曾照吳王宮裡人。」（李白《蘇臺覽古》）「人生代代無窮已，江月年年望相似。」（張若虛《春江花月夜》）月亮是不變的，但人世是變化的。因此看到明月高懸在夜空，會感受到滄海桑田、人生易逝的惆悵。

第二，月亮還和思念有關。這裡的思念，可以是對故鄉、對親人的思念，也可以是對朋友或者戀人的思念。作客他鄉，心裡有牽掛，晚上睡不著，抬起頭看著天上的月亮。月亮在這個時候是一種聯繫，你和另一端的聯繫，「明月何曾是兩鄉」。你和故鄉、朋友、戀人同在這片月光之下。月亮建立起的這種聯繫有時候會加劇詩人的思念。比如王建這首《十五夜望月寄杜郎中》：

中庭地白樹棲鴉，冷露無聲濕桂花。
今夜月明人盡望，不知秋思落誰家。

中秋節，家家戶戶在這一天都團圓了，晚上可能大家都在吃月餅、賞月，聞著桂花的清香。可是王建說什麼呢？他說「今夜月明人盡望」，大家都在望著天上的月亮，可是「不知秋思落誰家」。有的家庭是團圓的，團圓的人望著月亮，天上的月亮也是圓的，他們感受到的是歡樂。可是還有人並沒有回家，他眼裡的月亮，大概並沒有那麼圓滿吧。當然詩人在這裡指的是自己了。所以有時候月亮雖然建立起了自己和故鄉、和他者的聯繫，但反而會加劇內心的思念。「舉頭望明月」，就會情不自已地「低頭思故鄉」了。

我們來看杜甫的這首《月夜》：

今夜鄜州月，閨中只獨看。
遙憐小兒女，未解憶長安。
香霧雲鬟濕，清輝玉臂寒。
何時倚虛幌，雙照淚痕乾。

「安史之亂」之後，潼關被破，杜甫攜帶家眷逃到鄜州的羌村。六月的時候逃過去，八月聽說唐肅宗在靈武即位，杜甫馬上就要趕到靈武去，結果在途中被叛軍俘獲了，被抓到長安。杜甫在長安寫了這首詩。

「今夜鄜州月，閨中只獨看。」他看著長安的月亮，想到此時此刻，在鄜州的妻子也在看著月亮。當然這都是杜甫的想像了。現在他的妻子未必就站在月光下面。我們之前講過好多這樣寫的詩了。「遙知兄弟登高處，遍插茱萸少一人」，「想得家中夜深坐，還應說著遠行人」，「故鄉今夜思千里，霜鬢明朝又一年」，「想得故園今夜月，幾人相憶在江樓」（羅鄴《雁二首》，都是想像對方的情況，想對方可能現在正在想自己，其實寫的還是自己的思念。浦起龍說：「心已馳神到彼，詩從對面飛來。」（《讀杜心解》）是因為自己的心飛到了對方那裡，才想著說對方也許在思念自己。

但有時候兩個人卻的確有可能同在月光下思念著彼此，像白居易寫的：「誰料江邊懷我夜，正當池畔望君時。」（《江樓月》）

「遙憐小兒女，未解憶長安。」吳瞻泰說：「懷遠詩說我憶彼，意只一層；即說彼憶我，意亦只兩層。唯說我遙揣彼憶我，意便三層，又遙揣彼不知憶我，則層折無限矣。」（《杜詩提要》）我想你，還不夠感人。我想你可能正在想我，也還不夠。杜甫寫的是什麼？杜甫寫的是，我的那些孩子，他們還太小了，還不知道什麼是思念。他們不僅不知道想我，他們也不懂得妻子現在想我的心情。

我們讀到這兩句，站在我們面前的不是什麼詩聖，也不是什麼偉大的詩人，站在我們面前的只是一個好丈夫，和一個好父親。

「香霧雲鬟濕，清輝玉臂寒。」霧本來不是香的，香的是站在庭院裡的妻子，可是因為站立的時間太久了，周圍的空氣也變香了。因為站的時間太久了，霧把頭髮都打濕了。我們講過「玉階生白露，夜久侵羅襪」，和這裡的「香霧雲鬟濕」一樣，都是講時間的長度。

「何時倚虛幌，雙照淚痕乾。」我們什麼時候能夠相見呢？什麼時候能夠倚著幃簾，一起看著天上的月亮呢？

我們再來讀羅鄴的這首《秋怨》：

夢斷南窗啼曉烏，新霜昨夜下庭梧。
不知簾外如珪月，還照邊城到曉無。

這首詩寫了一個在家裡等著丈夫回來的女子。「夢斷南窗啼曉烏，新霜昨夜下庭梧。」外面的烏鴉把她吵醒了。她在夢裡夢到什麼，詩人沒有講。但是我們根據全詩，大概不難想像。我們前面講過好多個女子的夢。「打起黃鶯兒，莫教枝上啼。啼時驚妾夢，不得到遼西。」「提籠忘采葉，昨夜夢漁陽。」這裡的夢應該也和丈夫有關。但是很可惜，夢做了一半就醒了。

「不知簾外如珪月，還照邊城到曉無。」她說，不知道外面的月光是不是也在照耀著遠方的你呢？而當你抬起頭來看到月光的時候，你要知道那不只是月光在照耀著你，月光裡有我的思念，和關切。

沒有別的聯繫手段，只能「我寄愁心與明月」，把心裡的想法寄託在月光裡。

其實很多時候，月光就像是一座橋，架在浩瀚的夜空中。在橋的一端，是牽掛著遠方的人。

第九講
落花與秋風

我們上一講談到了一天之中比較容易悲傷的時刻，談到了黃昏與月光這兩種意象。如果把這個時段放大到一年中，我們會發現一年之中容易讓詩人惆悵的季節是春天和秋天。在中國的古典詩詞中，如果做一個數量統計的話，寫春天和秋天的詩歌數量要遠遠大於寫冬天和夏天的詩歌。

二手寫作

為什麼詩人會傷春悲秋呢？

其實這個道理很簡單。我們先從悲秋講起。在一天中，黃昏是白天和夜晚交界的時刻。如果把這個時段放大到一年當中，和黃昏處在相同位置上的季節是什麼呢？是秋天。黃昏之於一天恰恰就像秋天之於一年。當詩人們進入秋天，秋風蕭瑟，北雁南歸，無邊落木，很容易會產生哀傷的情緒。

最早的悲秋的詩歌是宋玉的《九辯》，他說：「悲哉，秋之為氣也。蕭瑟兮草木搖落而變衰。」

當然，不是說到了秋天就一定會悲傷，就像黃昏日落也不一定讓人哀愁。劉禹錫就說：「自古逢秋悲寂寥，我言秋日勝春朝。晴空一鶴排雲上，便引詩情到碧霄。」（《秋詞二首．其一》）這和詩人所處的環境有關，也和不同詩人的個性氣質有關。但悲秋畢竟比較普遍。其實並不是因為秋天這個季節本身使你哀傷，而是因為你心裡原本就有情緒，只不過秋天把這些情緒一下子喚醒了，把它們放大了好幾倍。

是因為你遠在他鄉，所以秋風一起，你可能會思鄉，你可能會像張翰一樣想起家鄉的鱸魚膾、蓴菜羹；是因為你仕途不順，所以當枯葉落下，你可能會覺得自己前途渺茫，注定平凡一生。這些情緒本來被你小心翼翼地藏在心裡，可是當秋風、秋雨、秋蟬、秋葉忽然降臨在你的生命中，那些情緒就全部被喚醒了。

所以悲秋的「悲」，在不同的情境裡是不一樣的。比較常見的悲，是詩人把自己的生命體驗投射到自然的物上面，他看到落葉很容易想到自己有一天也會像落葉一樣枯萎，於是產生一種生命衰頹的悲哀。

春天呢，草長鶯飛，其實是萬物生長、充滿希望的季節。為什麼也會哀傷呢？陸機在《文賦》裡面講：「悲落葉於勁秋，喜柔條於芳春。」「悲落葉於勁秋」我們好理解，但不是「喜柔條於芳春」嗎？怎麼還會傷春呢？其實傷春往往是在暮春，在晚春，有落花的時候。如果你理解了落葉會帶來悲傷，你也可以理解落花帶來的悲傷。上一講我們講過劉方平的《春怨》，「寂寞空庭春欲晚，梨花滿地不開門」，落花這個意象會讓人想到自己逝去的年華和青春。

慢慢地，在中國古典文學裡就形成了所謂「傷春悲秋」的傳統，而且詩詞中的這類形象往往比較固定。悲秋的大多是男性，傷春的大多是女性。

讀中國古典詩詞，我們會發現其實裡面重複的東西很多。直觀的重複是意象的重複，殘陽、斜陽、落花、枯葉、秋蟬、秋雨……好像詩人們只是把這些意象打亂順序，重新排列組合一下，一首新的詩就產生了。重複的意象背後是什麼呢？是重複的情緒。懷古、閨怨、思鄉、不遇……沒有新的情緒從裡面產生。慢慢地，到最後，詩歌的創作成了一種情緒的模仿，詩人們陷入了一種寫作的慣性，而他們呈現出來的，往往是一些二手的經驗。

很多傷春悲秋的詩，其實是模仿來的作品。這一類詩的重複性很高。雖然這種寫作上的模仿可能並不是有意的，甚至很多時候詩人自己都並不認為是在模仿一種情緒。張愛玲寫過一篇文章叫《童言無忌》（收錄於《華麗緣》，皇冠文化出版有限公司），她裡面提出了一個說法叫「生活的戲劇化」，她說：

> 像我們這樣生長在都市文化中的人，總是先看見海的圖畫，後看見海；先讀到愛情小說，後知道愛；我們對於生活的體驗往往是第二輪的，借助於人為的戲劇，因此在生活與生活的戲劇化之間很難劃界。

她講得很深刻，她說我們的人生很多時候是一種模仿來的人生。古代很多詩人也是這樣，活在二手的經驗裡。所以真正傑出的詩人並不多，大部分都是平庸的。他們模仿著模仿著，慢慢就失去了自己。傳統的力量是很強大的。一個人很容易陷在裡面，很容易丟失自己。一個作家最重要的，其實是找到自己的聲音。

辛棄疾寫過一首《醜奴兒．書博山道中壁》，他說：「少年不識愁滋味，愛上層樓。愛上層樓，為賦新詞強說愁。」這其實就是一種模仿。自己年紀輕，沒有「愁」的切身體驗，於是模仿從前的詩人，登上高樓以後，「為賦新詞強說愁」。他的這種寫作行為就是一種複製。

藝術原本應該是對生活的模仿，但是很多人的生活其實是在模仿藝術，過成了二手人生。很多詩人的寫作，也成了一種二手寫作。

一悲傷的迷宮一

唐代的詩人裡，我最喜歡的有三個人：杜甫、李商隱和李白。排在我心裡第一位的是杜甫，第二位是李商隱。我對李白是有距離的。他是謫仙嘛，好像離我們普通人的生活遠一點。李商隱的話，你會發現他對於生命的體驗是那種徹底的絕望，是那種大悲哀，大絕望。這首《暮秋獨遊曲江》就是很典型的李商隱式寫法：

荷葉生時春恨生，荷葉枯時秋恨成。
深知身在情長在，悵望江頭江水聲。

「荷葉生時春恨生，荷葉枯時秋恨成。」開花的時候他春恨生，落葉的時候他秋恨成，那一個人什麼時候會快樂呢？在李商隱眼裡，生命就是這樣，悲傷是不斷迴圈的，快樂可能是偶然的。

「深知身在情長在，悵望江頭江水聲。」對於荷葉生而產生的春恨，和它落下之後感到的秋恨，這種情，只要他活著，就會一直伴隨著他。程夢星說：「『身在情長在』一語，最為淒婉，蓋謂此身一日不死，則此情一日不斷也。」（《重訂李義山詩集箋注》）

就像我們第一講讀過的《錦瑟》：「此情可待成追憶，只是當時已惘然。」普通人往往是在回憶的時候才覺得失落、迷惘，但李商隱說我是早在這之前就已經惘然了。在這個世界上，李商隱好像無處可逃。大部分詩人是在荷葉枯、落花、落葉的時候感到悲哀，可是李商隱「荷葉生時」他就「春恨生」了。

我們會發現，在這首詩裡，很多重複的音節在不斷地迴蕩。這是我們在閱讀這首詩的時候會獲得的體驗。我們讀這首詩，好像走在一個悲傷的迷宮裡。在迷宮裡走來走去，要尋找到一個解脫，要尋找到一個答案，可是沒有。

悲傷是無處不在的。

「荷葉生」，本來是一個有生機、有希望的狀態。本來在春天，萬物要開始生長了。可是在這個時候李商隱已經預感到有一天荷葉會枯萎。我們之前講過李商隱寫的《春風》：「我意殊春意，先春已斷腸。」為什麼他在春天到來之前就已經肝腸寸斷了呢？因為他知道花有一天會落下，所以他甚至會害怕看到花開。這是一個敏感的詩人會有的心理。

我們上一講談月亮的時候，提到過李商隱的這首《月》：「初生欲缺虛惆悵，未必圓時即有情。」月缺的時候，一個人看到月亮殘缺了，對應到自己的人生經驗，會感到惆悵。他大概會期待有一天月亮會圓，似乎月圓了就意味著生活也是圓滿的狀態。可是李商隱說「未必圓時即有情」，月圓了又怎麼樣呢？屈復評價這首詩說：「月缺而人愁，月圓而人未必不愁也。」（《玉谿生詩意》）在李商隱眼裡，人生大概從來沒有一刻會是圓滿的狀態。

李商隱在悲傷的迷宮裡走啊走啊，可是永遠走不出去。對李商隱來說，他到最後都是「身在情長在」。也許有一天終於解脫了，終於獲得答案了。他的情終於離開他而去了，它終於像一個巨大的包袱一樣被李商隱甩下了。可是那一刻所有的一切也都結束了。

「悵望江頭江水聲。」江水是永不停息的。江水是什麼？江水就是時間。「子在川上曰：『逝者如斯夫。』」時間的河流在不斷地向前。而李商隱只能站在一旁看著它，看著它有一天將自己也一同帶走。李煜說：「自是人生長恨水長東。」（《相見歡・林花謝了春紅》）水是長東的，而人生也是長恨的，充滿著遺憾。我覺得李商隱、李煜，包括曹雪芹，他們是氣質相同的作家，他們心裡那種悲哀和絕望是徹底的。

—美與缺憾並存—

我們再來看一首李商隱的《花下醉》：

尋芳不覺醉流霞，倚樹沉眠日已斜。
客散酒醒深夜後，更持紅燭賞殘花。

「尋芳不覺醉流霞」，流霞是酒的名字。李商隱可能在賞花的時候喝了一點酒，結果就醉倒了。當然了，流霞這兩個字本身具有豐富的暗示性。它可以是一種酒，也可以讓我們想到天邊絢爛的晚霞。這一句雖然寫的是喝醉酒，但也給了讀詩的人想像的空間：詩人在醉倒之前，曾被花的氣氛所感染，沉醉在落日下的花叢裡。

「倚樹沉眠日已斜」，夕陽慢慢落下去，日光照在樹上，照在睡著的李商隱身上。

「客散酒醒深夜後，更持紅燭賞殘花。」你會發現在前兩句裡面他刻意不談，在第三句的時候，他讓你意識到他之前其實是在人群中，周圍有「客」。我甚至覺得他可能是通過「倚樹沉眠」這樣一種行為來回避和眾多的人一起賞花。他可能只是在等，等到人都散了，自己「更持紅燭賞殘花」。他賞的已經不是百花齊放的盛大場景了，他賞的是最後剩下的殘花。花在春天是很容易落的，晚上可能風一吹，就只剩下一點殘花了。

這裡面也許包含著李商隱對生命的認知。他心裡對一些圓滿的、盛大的東西，大概會保持著一定的距離。在花海面前，他可能會意識到一種虛幻性。盛開的花是絢爛的，但在李商隱眼裡或許也是不真實的。

在他的意識裡，殘花大概更接近於人生的真相。凋零才是事物的本質。但是殘花未必不美。所以在這樣一個晚上，李商隱才會一個人拿著蠟燭去欣賞它們。

李商隱是一個徹底悲哀的人，但是他的悲哀裡有審美的成分。他會意識到生命是有殘缺的，生命是充滿著遺憾的，可是生命也是美的。他知道「只是近黃昏」，可是他也會看到「夕陽無限好」。他知道花有一天會落下去，可是他會「更持紅燭賞殘花」。他知道人的生命就是這樣，美與缺憾是並存的。所以這可能也是李商隱的詩呈現給我們的感覺。他的詩裡面瀰漫著哀傷和惆悵，但是你讀他的詩會感受到美。

一平庸的惆悵一

我們來看杜甫的這首《曲江二首．其一》：

一片花飛減卻春，風飄萬點正愁人。
且看欲盡花經眼，莫厭傷多酒入唇。
江上小堂巢翡翠，苑邊高塚臥麒麟。
細推物理須行樂，何用浮名絆此身。

「一片花飛減卻春，風飄萬點正愁人。」一片花落下來，詩人就已經感受到春天要離開了，何況現在大風把花全部吹落。很典型的傷春的句子，但是寫得很漂亮。

「且看欲盡花經眼」，他說看看吧，看看這些從眼前飛落的花瓣。「莫厭傷多酒入脣」，他說不要緊，再喝兩杯吧，不要怕喝多。這兩句很頹喪，我們能看見一個失落的人面對著生命流逝那種無可奈何的狀態。

「江上小堂巢翡翠，苑邊高塚臥麒麟。」他寫的是曲江，曲江在長安城的東南部。安史之亂之前，大唐的王公貴族包括百姓經常到那裡遊覽。可是安史之亂之後，國家衰敗了。「江上小堂巢翡翠」，翡翠就是翡翠鳥。鳥在樓上築巢，說的是沒有人，荒蕪了。「苑邊高塚臥麒麟」，高塚旁邊本來是麒麟石像，現在倒掉了，沒有人去理它。

「細推物理須行樂。」物理，就是這個世界的規律。他說我仔細地想一想，這個世界的規律是什麼呢？人生變化的規律是什麼呢？想完了之後，得出結論：要及時行樂。「何用浮名絆此身」，何必想什麼榮辱得失，那些都是身外之物，都無法長久。還是把握眼前的快樂好了。

杜甫當時做一個小官，左拾遺，是一個諫官，給皇帝提意見，但是皇帝並不採納他的意見。所以他在這首詩裡傷春，有一肚子的委屈。這首詩的精神內核其實是很平庸的，任何一個古代的詩人都會發出類似的牢騷。這個世界怎麼到處都是阻礙呢？這個世界怎麼到處都在跟我作對呢？但是杜甫寫詩的技藝是很高的，所以這首詩仍然寫得很漂亮。但也僅僅只是語言形式上的漂亮而已。

我們需要理解，杜甫也有這樣的常人時刻，他也有普通人的情感，他也會有普通人的牢騷。在春天快要結束的時候，他也會落入平庸的窠臼。這並不是他精神的高點。我們不要以為詩人每時每刻都處在精神的高點，不是的，詩人在大多數時刻其實和我們是一樣的。可是他們有少數的時刻超越了常人。也許僅僅是那麼幾個瞬間，就足以讓他們偉大。

一兩個杜甫一

我們再來讀他的《登高》：

風急天高猿嘯哀，渚清沙白鳥飛回。
無邊落木蕭蕭下，不盡長江滾滾來。
萬里悲秋常作客，百年多病獨登臺。
艱難苦恨繁霜鬢，潦倒新停濁酒杯。

我們前面講過了時間，哀傷的時間，比如黃昏和夜晚，比如春天和秋天。在這裡要順便講一下空間。古代詩人很喜歡登高，登上高山、登上高樓，這些場景經常被寫進詩裡。一個人到了比較高的地方，會有不同的情緒。有可能隨著視野變得開闊，心情也好起來。但登高有時候也像一個放大鏡，像我們前面講過的黃昏、月夜、暮春、深秋這些時刻一樣，它會放大你原有的情緒，會加劇個體的孤獨感。我們以杜甫為例來說明這個問題。《登高》不是杜甫早期的作品，杜甫在年輕的時候寫的是《望嶽》，他說的是：「會當凌絕頂，一覽眾山小。」從《望嶽》到《登高》，我們可以看到一個人精神軌跡的變化，我們可以看到一個人人生軌跡的變化。他年輕的時候「會當凌絕頂，一覽眾山小」，他說我一定要登到泰山最高點上去，我要看到這個世界在我腳下變小。這時候的杜甫豪情萬丈。

其實杜甫這兩句詩的背後站著另外一個人，這個人是誰呢？這個人就是孔子。

《孟子》裡記載：「孔子登東山而小魯，登泰山而小天下。」孔子登到東山，就覺得魯國很小了，他登上泰山之後，覺得天下都很小了。我不知道孔子在什麼時候說的這句話，可是我想那時候他應該有自己的理想，有他自己的抱負，那是他精神上極為充沛的時刻。

可是《說苑》和《孔子家語》記載了孔子在另外一處登高的心情。他帶著他的幾個學生登上農山，他說：「登高望下，使人心悲。」我們會發現這個世界上有兩個孔子。同時我們也會看到，這個世界上有兩個不同的杜甫。山和山之間其實並沒有什麼不同，樓和樓之間也沒什麼不同，可是人的心境會發生變化：到了晚年的時候，是「花近高樓傷客心，萬方多難此登臨」（《登樓》），是「無邊落木蕭蕭下，不盡長江滾滾來」（《登高》）。

錢鍾書先生提煉出一個概念，叫作「農山心境」。這種心境就是用孔子登上農山這件事來命名的。孔子的心情很有代表性。古代很多詩人「登高望下」，都會感到悲傷。為什麼「登高望下」會「使人心悲」呢？因為「天高地迥，覺宇宙之無窮；興盡悲來，識盈虛之有數」（王勃《滕王閣序》）。因為登到高處的時候，你會發現「前不見古人，後不見來者」，你看到天地悠悠，不自覺地就「愴然而涕下」了。

沈德潛在評價《登幽州臺歌》的時候說：「余於登高時，每有今古茫茫之感，古人已先言之。」（《重訂唐詩別裁集》）這種心理，這種感覺，是古今相通的。詩人登到高處的時候，他會發現，在天地之間，自己是如此渺小的一個個體，而自己終將被歷史的河流吞沒。時間不會為任何人而停留。他同時會發現，自己面對的山川草木，它們是永恆的，它們永遠存在在那裡。因此「登高望下」而產生的「悲」，往往是短暫的人生面對永恆的自然而感到的悲，是有限的個人面對無限的宇宙而感到的悲。

我們回到《登高》。先來看這一句：「萬里悲秋常作客，百年多病獨登臺。」宋代的羅大經對這一句分析得很精采，他在《鶴林玉露》裡面提出這一句詩裡有「八悲」：「蓋萬里，地之遠也。秋，時之慘淒也。作客，羇旅也。常作客，久旅也。百年，齒暮也。多病，衰疾也。臺，高迥處也。獨登臺，無親朋也。十四字之間含八意，而對偶又精確。」

這一聯是整首詩裡情感密度最大的，可是我並不喜歡這兩句。這兩句把情緒全都說出來了，反而產生不了那麼動人的力量。

《登高》裡我最喜歡的兩句其實是「無邊落木蕭蕭下，不盡長江滾滾來」。我要提一個問題，為什麼是「來」呢？我可以替換成其他的字，比如說「流」，為什麼不是「不盡長江滾滾流」呢？我們前面講過，江水在古代的同義詞是時間，「不盡長江滾滾來」，你會發現，杜甫其實是在寫什麼？他在寫死亡，他在寫死神不斷地向他走近，他在寫死亡對他的壓迫感。而他最終無可避免地會踏入時間的河流，被抹去在世上的蹤跡。他用的是「來」，這個「來」是一個帶著方向的動詞，也帶著重量，是時間的壓力。

《登高》比《曲江二首．其二》要好，這裡面的感慨很深，是一個人在歷盡滄桑之後對生命的感慨，不是那種擺弄字句的傷春悲秋。但我想這首詩還不能夠代表杜甫。這首詩裡的杜甫仍然活在一個文學傳統的陰影裡，而他的目光也還只是放在自己身上。

—遠方與我有關—

杜甫了不起的地方在於他的詩歌裡有一種廣度。傷春悲秋這類情感並不能涵蓋杜甫。李商隱的詩歌裡有一種深度，是向內的深度，是探尋生命本質的深度。杜甫和李商隱不太一樣，杜甫的詩歌是一種向外的寬度和廣度。為了要更好地說清楚這一點，我要講一首可能和傷春悲秋沒什麼關係的詩，一首很平凡、很普通的詩。

杜甫流落到夔州的時候，他的鄰居是一個寡婦。她丈夫死掉了，也沒有兒子。杜甫家門前有一株棗樹，這個寡婦沒有吃的，她每天就去杜甫的院子裡打一點棗子吃。杜甫其實很早就觀察到了，但是他從來沒有把這個鄰居趕走。他甚至可能在寡婦來摘棗子的時候，裝作看不見。後來杜甫搬家了，他的房子給他的一個親戚住，這個親戚姓吳。吳郎一來，他的鄰居又來偷棗子，吳郎第二天就把院子圍上了一圈籬笆，意思是不准來偷棗子。可能寡婦把這個事情跟杜甫講了，杜甫就寫了一首詩給他的親戚，叫《又呈吳郎》：

堂前撲棗任西鄰，無食無兒一婦人。
不為困窮寧有此？只緣恐懼轉須親。
即防遠客雖多事，便插疏籬卻甚真。
已訴徵求貧到骨，正思戎馬淚盈巾。

「堂前撲棗任西鄰，無食無兒一婦人。」他說從前我在這兒住的時候，就讓她撲，她一個女人，她本身已經沒有什麼生存的能力了，她沒有丈夫，又沒有兒子，她只能靠打棗子充飢，你就讓她打吧。

「不為困窮寧有此？只緣恐懼轉須親。」他說如果不是窮到了一定的程度，她怎麼可能天天來你家偷你這點棗子吃？她每次偷的時候內心是很恐懼的，生怕被別人看見，而你瞭解她這個心理了，你更要對她好一點。

「即防遠客雖多事，便插疏籬卻甚真。」這裡他開始為他的親戚開解了，他說你園上籬笆也許不是為了防她，可能是鄰居多心了，但是你確實園上了籬笆。

所以我一直在講，我沒有別的詞去形容杜甫，他就是一個好人。他一方面為他的鄰居說話，一方面他又在為他的這個親戚開脫。

「已訴徵求貧到骨，正思戎馬淚盈巾。」她為什麼這個樣子？朝廷不斷地在徵收，在剝削。可能她的丈夫就是在戰爭中失去了生命。

到最後，當想到戰爭的時候，他想到的也不只是他鄰居一個人，他想到的是全天下還有許許多多這樣的人，也在面臨著同樣的困境。

這首詩很普通，但是這樣一首普通的詩裡有一個關心著別人的杜甫。杜甫了不起的地方在於他會關心著身邊的人，他會關心著他不瞭解的人。他心裡裝著一個世界。無窮的遠方、無數的人們都與他有關。

所以當秋風一起的時候，很多人可能會感傷於自己客居他鄉，感傷於自己年華漸老，感傷於自己功業未就。這些情緒杜甫也有過。但是這些情緒只是屬於個人。當秋風一起，你會看到有一個人，他想到的是我的房子被秋風吹破了不要緊，他希望的是「安得廣廈千萬間，大庇天下寒士俱歡顏」（《茅屋為秋風所破歌》）。他說如果我有一天能夠實現這個願望，「吾廬獨破受凍死亦足」。

杜甫是強勁的。他有著很強大的生命力。他的詩歌是一種很健康的詩歌。每一首詩歌都有自己的肉身，有的是軟弱的，軟答答地倒在那裡，我們唸起來也覺得沒勁。有的詩歌體格強壯，因為它背後是一個強大的靈魂、健康的靈魂在支撐著。

孟郊寫「出門即有礙，誰謂天地寬」（《贈別崔純亮》），我們當然不能說他不對，但是他把自己限制在一個狹窄的範圍裡。一個人如果總是盯著自己看，他的世界就小了。李商隱是了不起的，他感受到的是一種生命本質的悲哀。但還有另外一種了不起，就是杜甫。杜甫是悲哀的，他很多時候也沒有希望，但是他有溫度，我們讀他寫的詩，後面是一顆熱氣騰騰的心臟在跳動。這是很多詩人沒有的。很多詩人是乾癟的、軟弱的、冷漠的。杜甫是熱的。他不是那種讓我們熱血沸騰的詩人，但是他讓我們在這個冰冷的世界感到溫度，感受到關切的目光。

杜甫的世界裡不是只有他自己。當我們的世界裡不只有自己的時候，我相信我們會看到一個更廣闊的天地。

第十講
夜雨與風雪

我們前面講過了一些經常出現在詩裡的場景，黃昏、月夜、暮春、深秋、登高……還有哪些場景經常被寫進詩裡呢？我想一個是下雨的時候，還有一個就是落雪的時候。雨雪落下來，有時候讓人心情低落，有時候讓人感到孤獨，但有時候也會增添一些生活的趣味。雨和雪，本身就帶著詩意。它們來到人間，好像是自然對人類的饋贈。

一想像一個溫暖的夜晚一

我們先來讀李商隱的這首《夜雨寄北》：

君問歸期未有期，巴山夜雨漲秋池。
何當共剪西窗燭，卻話巴山夜雨時。

這首詩到底是寫給他妻子的，還是寫給朋友的，學界有很多爭論，我們不做過深的探討了。我只想說，作為一個普通的讀者，單純從這首詩的語氣來看，我覺得應該是李商隱寫給妻子的。

「君問歸期未有期」，一開始拋進來的就是一個問題，可是這個問題詩人不知道怎麼回答。對於一個在外面漂泊的人來講，他不知道自己什麼時候可以回去。他感受到的是背後的命運抓著他的那種無力感。他確定不了自己的行程，確定不了歸期。「何處是歸程？長亭更短亭。」當我們離開家，獨自一人上路之後，慢慢就會發現，自己就像一隻在水面上漂浮的小船。可是這個船到底要往哪裡去，我們其實並不清楚。

「巴山夜雨漲秋池」，一個人的晚上，只能聽雨滴一點點地落下，聽著外面的雨一點一點地漲起來。可是他寫的不是雨本身，他寫的是情緒一點一點地漲起來。他的失落一點一點漲起來，他的惆悵一點一點漲起來，就像外面下著的雨一樣。在這一句裡，我們發現時間的流速變慢了。

「何當共剪西窗燭，卻話巴山夜雨時。」以前的蠟燭燒的時間長了之後，會結燈花，為了讓它更亮一點，需要拿剪刀把燈花剪掉。什麼時候兩個人能坐在燭光下面說說話呢？回過頭去說說當初我一個人在異鄉聽雨的那個晚上。我們講過杜甫的《月夜》，你會發現《夜雨寄北》的最後兩句和杜甫的《月夜》很像：「何時倚虛幌，雙照淚痕乾。」其實只是一種想像，一種對未來的期待。徐德泓說：「翻從他日而話今宵，則此羈情不寫而自深矣。」（《李義山詩疏》）

我們會發現，中國古典詩詞裡的時間，很多時候並不是客觀的物理時間。「燕子樓中霜月夜，秋來只為一人長。」（白居易《燕子樓三首・其一》）「似將海水添宮漏，共滴長門一夜長。」（李益《宮怨》）這些都是各人心理上的不同感受。

《夜雨寄北》寫的也是心理時間，但是更複雜一些。楊逢春說：「首是寄詩緣起，一句內含問答。二寫寄詩時景，時、地俱顯，三四於寄詩之夜，預寫歸後敘此夜之情，是加一倍寫法。」（《唐詩繹》）何焯用李商隱自己的詩來評價這首詩的結構，說這首詩是「水精如意玉連環」，說得很準確。

在最後一句，李商隱做了一組非常精巧的蒙太奇。「何當共剪西窗燭，卻話巴山夜雨時。」他提前預支了一個開心的、溫暖的、沒有悲傷的時刻：我們回過頭來想曾經那段記憶的時候，我們是帶著微笑的。

也許這樣一想，這個雨夜就會過得快一點吧。

李商隱並不經常這麼做。我們在李商隱的詩歌裡讀到的，更多的是他對悲傷的敏感，對悵惘的預先體驗。「此情可待成追憶，只是當時已惘然」，「我意殊春意，先春已斷腸」，「荷葉生時春恨生，荷葉枯時秋恨成」，「初生欲缺虛惆悵，未必圓時即有情」……他會想到未來，但是他的未來通常是冰冷的、哀傷的、絕望的。

在《夜雨寄北》裡，我們看見一個內心柔軟的李商隱。我們看到一個孤獨的人在異鄉的燈下聽雨，看到一個慣於感受悲傷的人對於溫馨的嚮往。儘管我相信，在李商隱內心深處，他仍然是悲傷的，但是在這首詩的最後，他把悲傷隱藏得很好，他暫時相信了自己想像出來的那個美好而溫暖的場景。

一回不去的夢一

我們再來讀幾首和雪有關的詩。還是先看一首李商隱的詩吧，《悼傷後赴東蜀辟至散關遇雪》：

劍外從軍遠，無家與寄衣。
散關三尺雪，回夢舊鴛機。

李商隱的妻子去世以後，當時的西川節度使柳仲郢徵辟李商隱到他的幕府。李商隱從長安到四川的途中，路過散關（今天陝西省寶雞市附近），遇到了一場大雪，沒有辦法繼續往前走了。他晚上做了一場夢，夢醒之後，寫了這首詩。

「劍外從軍遠」，從長安一直到劍門關外，距離很遠。

「無家與寄衣」，他本來是有家的，本來是有人給他做衣服的。但是他的妻子去世之後，他成了一個沒有家的人。

「散關三尺雪，回夢舊鴛機。」鴛機就是織機。他在夢裡看到他的妻子還在織機上給他做衣服，可是他醒來之後發現什麼都沒有。

一個人出門在外，天寒地凍，這是一種孤獨。在這種情況下，做一個和家有關的夢，夢醒之後，孤獨會倍增。但如果家還在，雖然夢醒之後思念會更深，但畢竟還可以有期待，期待有一天會團圓、重逢。

我們之前講過陳陶的《隴西行四首·其二》：「誓掃匈奴不顧身，五千貂錦喪胡塵。可憐無定河邊骨，猶是春閨夢裡人。」對於那個女孩子來講，她是幸福的，因為她不知道真相。她醒來之後，還以為她的丈夫馬上就要回來。雖然我們作為讀者知道她的丈夫已經化成一堆白骨了，可是對她來講，她醒來之後，雖然會失落，知道剛才只是一場夢，心裡畢竟還會有一種期待。

但是對李商隱來說，他的孤獨是在我們前面講過的情況下翻倍的孤獨，他的悲傷比《隴西行四首·其二》裡的女子更深一層。他在夢裡面夢到了他的妻子還在給他做衣服，可是等他醒了，他知道這些夢裡的場景不會在現實中出現了，他知道自己的家已經沒有了。

我們會發現，雪在文學中出現的時候，一方面是客觀的雪，往往也可以喻示著冰冷的現實世界，可以是人情緒上的寒涼，也會加劇人的孤獨。

《水滸傳》裡，林教頭風雪山神廟，一定要是一個風雪大作的晚上才可以。林沖一個人打了酒，回來一看，草廳已經塌掉了，於是自己拽了一條破被到山神廟去。外面風太大，他搬了一塊大石頭把門擋住。廟裡面很冷，但他喝的也不是熱酒，而是冷酒。風雪夜，喝著冷酒，他感受到這個世界也是冷的，世界對他來講是涼的。自己本來是八十萬禁軍教頭，但現在卻淪落到這個地步。

你會發現，好像不冷，不是有大火嗎？外面有三個人正準備害他。差撥、富安，還有他的好朋友陸虞侯，謀劃著要把他燒死。可是外面的熊熊大火只會讓這個世界變得更冷，為什麼？因為火燒起來了，但是那不只是客觀的火，那也是權勢的火焰在外面燒。有權勢的人可以把普通人的生命玩弄於股掌之中。

林沖聽到他們在密謀，出去就把這三個人殺掉了。在一個風雪大作的夜晚，他一個人挑著花槍，挑著酒葫蘆，孤獨地走在人間。

如果是一個月明風清的晚上，就不對了。如果是一個下著雨的晚上，也不對。一定要是風雪夜。為什麼？因為他的心已經涼透了，他對這個世界已經徹底絕望了。外面的環境要和他的心境配合起來。「大雪飄，撲人面，朔風陣陣透骨寒，彤雲低鎖山河暗，疏林冷落盡凋殘。」（《野豬林》）

「劍外從軍遠」、「無家與寄衣」、「散關三尺雪」，這裡的雪是實景，是客觀的情況，是落在地上的雪，並不是李商隱的有意虛構。但這裡的雪也和人的情緒有關，這裡的雪也是下在心裡的雪，加劇了他的孤獨感。「回夢舊鴛機」，他的夢是溫暖的，夢裡妻子還在，夢裡一切如常。

這首詩是由冷寫到了暖。但夢總是會醒的。最後停在夢這裡，看起來是暖的，但是我們讀起來覺得更冷。

姚培謙說這首詩「悲在一『舊』字」（《李義山詩集箋注》）。過去的一切也像一場夢一樣，再也回不去了。

一在人間投宿一

我們再來讀劉長卿的《逢雪宿芙蓉山主人》：

日暮蒼山遠，天寒白屋貧。
柴門聞犬吠，風雪夜歸人。

這是一個趕路的人，晚上投宿在芙蓉山的主人家裡。

「日暮蒼山遠」，一個「遠」讓整個畫面顯得寂寥、空曠。再加上此刻是黃昏，王堯衢說：「行路之際，暮景可悲。」（《唐詩合解箋注》）我們看見一個孤獨的旅人在落日的餘暉裡匆匆地走在人間。

「天寒白屋貧」，終於找到一戶人家，可是這是一戶貧寒的人家。屋頂是茅草做的，家裡可能什麼擺設也沒有。

但有這樣一個地方可以借宿一晚，能在這裡暫時獲得一點溫暖，已經讓人很滿足了。

「柴門聞犬吠」，詩人可能已經睡下了，忽然聽到外面有狗在叫，因為主人回來了，「風雪夜歸人」。這兩句寫得真好，黃叔燦說：「犬吠歸人，若驚若喜，景色入妙。」（《唐詩箋注》）我們看到這首詩前兩句寫得很安靜，到了後面兩句，整個畫面動起來了，有溫度了，也有顏色了。由靜到動，由冷到暖，由無人到有人。

對這間屋子的主人來說，他是幸福的，儘管他並不富有。但是當他在這樣一個風雪交加的晚上回到家裡，看著家裡的狗跑到他的身邊叫個不停，心裡應該是溫暖的。

和這個「風雪夜歸人」形成對照的是詩人自己。詩人作為客旅看著這一切。他可能會和主人攀談，他會感受到這個屋子一下子充滿生機，可能大家會燃起火來，或者熱一杯酒，驅散天氣帶來的寒冷。可是他的孤獨感更深了。儘管他找到了一個投宿的地方，找到了一個暫時的棲身之所，但這幾聲柴門前的犬吠喚起了他內心深處的漂泊感——他並不屬於這裡。

之後發生了什麼詩人在這裡沒有交代。但是想必雪仍然在下，屋外月光皎潔。

一張便條

白居易有一首小詩，《問劉十九》。這首詩很簡單，但是我特別喜歡：

綠蟻新醅酒，紅泥小火爐。
晚來天欲雪，能飲一杯無？

「綠蟻新醅酒」，古代釀造的新酒沒有過濾之前，表面上會有一些綠色泡沫，這些綠色泡沫就是綠蟻。「紅泥小火爐」，紅配綠，顏色很鮮明。在馬上要下雪的陰暗天氣裡，這是讓人覺得很感動的顏色。這就是生活的顏色。外面的天是陰的，但生活裡有「綠蟻新醅酒」，生活裡有「紅泥小火爐」。

除了顏色，這首詩裡還有一冷一熱兩種不同的溫度。外面天涼了，可是詩人在家裡有用來暖酒的小火爐。

所有這些都有了，「新醅酒」有了，「小火爐」也有了，可是缺一個人。在這樣的天氣裡，最好有人能坐在對面。不需要高談闊論，兩個人只是閒聊就可以。

「晚來天欲雪，能飲一杯無？」雪將下未下，這個時候是最盼望朋友來的。一個人在這樣的雪天，難免會覺得有些孤獨。陶淵明說：「安得促席，說彼平生。」（《停雲》）什麼時候能兩個人把席子再靠近一點，聊一聊最近發生的事情呢？陶淵明還有一首《移居》：「昔欲居南村，非為卜其宅。聞多素心人，樂與數晨夕。」「素心人」這三個字最好。在這樣乾淨的雪天，如果有一個心地純粹的朋友，和你聊一些無關緊要的事情，生活還有什麼不滿足呢？

我們會發現，這首詩其實是一張寫給朋友的便條。雖然劉十九因為這首詩而留名千古，但我們並不知道他是誰。白居易會不會得到回應，我們也並不知道，沒有任何的史料記載。可是我們會記得有一個雪天，白居易給劉十九寫了一張小小的便條，問他，能不能來我這裡坐一坐，我們一起喝一杯？

這張小小的便條表達了一種期待，這個期待是美好的。不在於說這個期待實現了與否。我們在生活裡還可以期待著什麼，那我們的人生就是幸福的。

我們來看一首美國詩人威廉・卡洛斯・威廉斯（William Carlos Williams）的詩，這首詩就叫《便條》：

我吃了
放在
冰箱裡的
梅子
它們
大概是你

留著
早餐吃的
請原諒
它們太可口了
那麼甜
又那麼涼

這也是詩嗎？當然，這是詩。但是如果我們把分行取消，它就變成了一段話：「我吃了放在冰箱裡的梅子，它們大概是你留著早餐吃的，請原諒，它們太可口了，那麼甜又那麼涼。」這是詩嗎？這好像不是了。

為什麼分行之後它會變成　首詩呢？大概是因為陌生化的效果吧。詩人把熟悉的事物變得陌生了，他把日常的便條變得讓我們不認識了。

文學的功能是什麼呢？文學其中一個很重要的功能，就是讓我們意識到自己對生活沒有那麼瞭解，讓我們感受到這個世界對自己而言其實是陌生的。

文學讓我們重新打量這個世界，喚回我們的感受。我們對很多事物太習以為常了，很多詩是用陌生化的效果來喚醒我們日常已經麻木的神經。

當然了，這首詩是有意營造了這樣一種形式，它是對日常生活的變形，借此讓我們獲得一種陌生感。

白居易的《問劉十九》也是一張便條，那麼這兩者的區別在哪裡呢？《便條》是詩意的生活，詩人用陌生的形式來創造詩意，把日常的生活變得有詩意。但是《問劉十九》其實是生活的詩意，這首詩首先是一張具有實用功能的便條，然後才是一首詩。它是要告知對方一個資訊，是對朋友的一次邀請，並且期待著對方的答覆。它其實就是生活本身。

但是《問劉十九》最終超越了生活。它比生活高了那麼一點。

其實古代的很多文學作品，作者一開始都未必有著很明確的文學的目的，覺得我是要寫一篇散文，要作一首詩。有時候一則日記、一封書信、一篇短箚，我們今天讀起來會覺得是很好的文學。甚至一部地理著作、一部科學著作，都可能同時是很好的文學作品。

文學性、詩意，常常是從生活本身生發出來的。

一可以隨時停止的寫作一

前面幾首詩裡的雪都是作為背景出現的，我們再來讀一首單純寫雪的詩，祖詠的《終南望餘雪》：

終南陰嶺秀，積雪浮雲端。
林表明霽色，城中增暮寒。

日暮天晚，詩人從長安看向終南山。終南山在長安的南面，所以他看到的是山的北面。山頂還有一點雪沒有融化。傍晚的日光照在樹葉上，他在長安城中已經感受到了雪的冷。

這當然是一首好詩，可是我要講的是什麼呢？是詩人的寫作行為。唐代科舉裡，很重要的一門就是要考作詩。這是一首考場佳作，但是不夠規範。為什麼不夠規範？考場的要求是要寫夠十二句，但是祖詠只寫了四句就交卷了。主考官問他，你怎麼才寫了四句就交卷了呢？他回答兩個字：「意盡。」意思是我想說的說完了，沒什麼好寫的了。

他的這個行為讓我想起了另外一個和雪有關的故事。這個故事記載在《世說新語》裡：

王子猷居山陰，夜大雪，眠覺，開室，命酌酒。四望皎然，因起仿偟，詠左思招隱詩。忽憶戴安道，時戴在剡，即便夜乘小船就之。經宿方至，造門不前而返。人問其故，王曰：「吾本乘興而行，興盡而返，何必見戴？」

王子猷就是王徽之，王羲之的第五個兒子。晚上下大雪，他醒了，讓他的小童倒酒喝，一邊走一邊背《招隱》詩。他忽然想到了他的朋友戴安道，戴安道就是戴逵。他於是讓小童準備船，他要連夜趕到戴逵的家裡去拜訪他。雖然說兩地相隔不遠，但是也要坐一晚上的船才能到。等到了戴逵家門口，王子猷不進去，轉過身要回去了。別人問他為什麼，他說自己「乘興而行，興盡而返」，至於見不見戴逵，已經無關緊要了。

祖詠和王徽之的行為，本身就帶有詩意，很瀟灑，是我們普通人做不到的。《世說新語》是一本很有意思的書。它好就好在它讓我們知道生活原來還有這樣一種可能。雖然裡面很多行為都像是一種行為藝術，有表演的性質。

雪落滿漁船

我們最後來讀柳宗元的《江雪》：

千山鳥飛絕，萬徑人蹤滅。
孤舟蓑笠翁，獨釣寒江雪。

如果從數學的角度來考察這首詩，我們可能會更加清晰地理解。

「千山鳥飛絕，萬徑人蹤滅。」這是一個數字上的變化。千和萬好理解，當然，這裡是比較誇張的寫法了。什麼是絕和滅呢？絕和滅就是零。這裡詩人從有寫到了無，從千和萬寫到了零。他從一個很大的數字寫起，但是一點一點全部給抹掉了。

最後是空，是無，是白茫茫大地真乾淨。

由千萬到了零之後，又發生了一個數字上的變化。

「孤舟蓑笠翁，獨釣寒江雪。」由零變到了一。

由千萬到零，是詩人抹掉這個世界痕跡的過程，他建立了一個新的世界，一個安靜的、空無的世界，一個沒有世俗痕跡的世界。俗世對他而言是一個被拋棄的存在。

然後從零到一，詩人要凸顯的是這個「一」，他要凸顯的是漁翁這個生命主體的價值。

這是柳宗元被貶永州時候寫的一首詩。這首詩其實不是實寫，而是一個孤獨者的自我心靈造像，他寫的是一個心靈的象，一個心靈世界。

為什麼要「獨釣寒江雪」？冬天哪裡會有魚呢？「夜靜水寒魚不食」，水冷的時候魚不上鉤的，漁翁在江上是釣不到魚的。更何況他不是在釣魚，而是在釣雪。雪更不會上鉤了。這是一次不會有任何結果的垂釣。

按照世俗的眼光來看，按照世俗的價值系統來評價的話，這是一個無意義的行為，他在做一件不可能完成的事情，也是一件不會有任何收穫的事情。但是「獨釣寒江雪」的意義就在這裡。你在做一件別人不理解，同時也是不被這個世界認可和接納的事情。但是，這又怎麼樣呢？

我可以把俗世排除在我的心靈之外。我可以不主動去尋求他者的認可。屬於我自己的這個世界是孤獨的，但是我在這個孤獨的世界裡獲得了滿足。

這首詩凸顯了一個個體的姿態。它是由千萬到零，再到一的變化過程。重要的是那個一，是你自己。你可以站在這個世俗世界的對面。

張岱的《陶庵夢憶》裡有一篇《湖心亭看雪》，大雪天，大家都在家裡面，他自己跑出來看雪，結果遇到「更有癡似相公者」，遇到一個和他一樣「癡」的人。癡是什麼？癡就是沉迷於自己的世界，沉迷於自己那個乾淨的、不被打擾的、孤獨的世界。這其實是很幸福的事情。

柳宗元的《江雪》寫了一個漁翁，韓偓的《醉著》也寫了一個漁翁，我們來讀一下：

萬里清江萬里天，一村桑柘一村煙。
漁翁醉著無人喚，過午醒來雪滿船。

我們可以想像這樣一個畫面：一個喝醉了的漁翁在船上睡覺，下雪了也沒有人叫醒他。醒來之後，他發現雪落滿漁船，落了自己一身。

這個畫面本身就很有詩意，不是嗎？

這個漁翁在生活之中，但同時他又超越了他所在的生活。

他在世界之內，但同時，他又在這個世界之外。

第十一講
叩問與迴響

我們前面講過了自然的變化對人的觸動。黃昏的時候容易心生惆悵，月夜裡會感到更加孤獨。花落下去就覺得青春不再，秋風一起餘生好像更短了。自然裡的許多物像被寫進詩裡，經過詩人心靈的改造，成了在時間裡永恆的標本。

但我想自然對詩歌的意義、對人的意義遠不止這麼簡單。自然不僅僅會觸動人的喜怒哀樂，也不僅僅是作為書寫的對象被刻進詩裡。自然其實永遠在那裡，它沉默著，但也接納著，啟示著。

—徒勞無功的尋訪—

我們先來看賈島的《尋隱者不遇》：

松下問童子，言師采藥去。
只在此山中，雲深不知處。

詩人來找隱居在山裡的隱者，但是沒找到，只遇到一個童子。我們可以想像一下他們對話的場景。

來人問：「你師父呢？」

童子說：「採藥去了。」

來人接著問：「去哪裡採藥了呢？」

童子回答：「就在這座山裡。」

來人又問：「他什麼時候回來呀？不如你去找找他吧。」

童子說：「山裡雲深，我也不知道他在哪兒。」

對話就結束在這裡了。其實是一首很簡單的詩，但是裡面又有很多層次，有很多情緒上的變化。徐增說：「此詩一遇，一不遇，可遇而終不遇，作多少層折。」（《而庵說唐詩》）

本來「言師采藥去」是不遇，失望了，落空了。但是「只在此山中」，又好像可以遇了，心裡升起一點希望。結果「雲深不知處」，最後終究還是「尋隱者不遇」。

唐詩裡這種「不遇」類型的詩很多。我舉幾個例子，比如李白的《訪戴天山道士不遇》：

犬吠水聲中，桃花帶露濃。
樹深時見鹿，溪午不聞鐘。
野竹分青靄，飛泉掛碧峰。
無人知所去，愁倚兩三松。

再比如，韋應物的《寄全椒山中道士》：

今朝郡齋冷，忽念山中客。
澗底束荊薪，歸來煮白石。

欲持一瓢酒，遠慰風雨夕。
落葉滿空山，何處尋行跡。

還有李商隱的《北青蘿》：

殘陽西入崦，茅屋訪孤僧。
落葉人何在，寒雲路幾層。
獨敲初夜磬，閒倚一枝藤。
世界微塵裡，吾寧愛與憎。

李白、韋應物、李商隱都沒有遇。其實要是「遇」了，反而寫不了詩了。兩個人一見面，把該說的話都說了，空間就「滿」了。有缺席的人，詩意往往就會在這次缺席裡產生。詩人和他者之間產生了距離，這段距離就是詩意發生的空間。

我們在第一講裡講過物是人非的體驗。「人面只今何處去」，「同來望月人何處」，要是又遇到了，團圓了，皆大歡喜了，就沒有詩了，就完全成了世俗生活本身。

白居易寫《問劉十九》：「晚來天欲雪，能飲一杯無？」好就好在詩的最後沒有答案。不管現實的情況是怎麼樣，至少在詩歌內部，我們最後停在一個問號那裡，停在一個期待那裡。詩意就產生於這個期待，產生於未知。陶淵明寫《停雲》，「安得促席，說彼平生」，對方來了，期待得到滿足，就沒有詩了。

詩意往往產生於那個「空缺」的部分。詩人會有一種想像，而讀者在讀詩的過程中也會加入自己的想像。

另外，「不遇」這個結果其實帶有很強的哲學意味。當然了，「尋」的對象可能是詩人的朋友，但是我們也會發現，這個朋友往往還有另外的身分，道士，和尚，或者是隱士，總之就是遠離世俗的人。去「尋」他們，就不只是要聊聊家長里短，聊聊生活瑣事那麼簡單。

這裡面其實還有一種渴望，一種暫時從俗世抽身的渴望，一種安頓自身的渴望，一種獲得某些答案的渴望。

但結果是「不遇」，尋訪好像是徒勞無功的。

一天誠實地藍著一

我們回過頭來看賈島的《尋隱者不遇》。我會有很多過度闡釋的地方。但是我還是要講，「作者之用心未必然，而讀者之用心何必不然」（譚獻《〈復堂詞錄〉序》）。

「松下問童子」，「問」是人生的常態。我們總是不斷地在問，渴望得到一個答案。但是你會發現，很多時候當我們帶著一些問題去問的時候，是得不到回答的。或者說，即便得到了，好像也未必能解開我們心裡的困惑。

詩人來尋找的是那個隱士，也許他是帶著自己的困惑和焦慮來的，他也希望在這裡找到一些答案。他帶著這個目的來了，結果發現隱者不在。他沒有想到遇見了眼前的童子，是一個童子在回應他。

可是這個童子的存在未必不是一種答案，童子的回應未必對來訪者毫無幫助。

很多時候，小孩子往往會在無意中透露一些生命的緊要資訊。孩子是天真的，正是因為天真，沒有機心，所以能窺破生命中的很多祕密。

小孩子隨便講一句什麼話，可能都像詩一樣。他們的語言是稚拙的，但也是乾淨的，是未經打磨的那種粗糲，但也帶著很強烈的生命氣息。

其實我們每個人都曾經有過那麼一段時間是詩人。可是慢慢地，隨著我們年齡愈來愈大，也許從前那些詩的靈光就從生命裡消失了。

我們為什麼要讀詩呢？我們讀詩其實是為了找回自己失去的那些東西，是為了「返鄉」，為了回到我們精神的故鄉。

詩的功能是什麼呢？當我們沉溺在俗世中，馬上要陷下去的時候，我們需要一句詩把自己拉上來。

在這首詩裡，童子的「答」，也許解決不了詩人心裡的「問」。

我把話題稍微扯開一點。禪宗裡講頓悟，有很多關於頓悟的公案。我舉一個例子。唐代有一個趙州和尚，很有名。有一天來了兩個和尚向他請教佛法。趙州和尚問第一個來的，他說你之前來過這裡沒有？第一個和尚說來過，他說，吃茶去。第一個和尚就吃茶去了。又問第二個和尚，他說你之前來過沒有？第二個和尚說沒有，今天頭一回來。趙州和尚說，吃茶去，第二個和尚也吃茶去了。他們院的院主感到很困惑，他說大師，第一個和尚從前來過，你讓人家吃茶去。第二個和尚第一次來，你怎麼還讓人家吃茶去呢？趙州和尚說，你過來。院主說好。趙州和尚說，吃茶去。這個故事到這裡就結束了。

這就是禪宗讓人開悟的一種方式。如果我們有慧根的話，這個時候就應該懂了。如果說非要解釋的話，吃茶到底是什麼意思呢？吃茶大概意味著你在生活當中要獲得平靜，要擺脫各種各樣的憂慮，你要用一個平和的心態來面對一切。可是這樣解釋很無聊。這樣解釋出來就不是禪了。如果說你問我這到底是什麼意思啊，我只能告訴你，吃茶去。

在這個故事裡，趙州和尚好像並沒有針對來訪者的困惑和疑問給出答案，吃茶和禪有什麼關係呢？好像沒什麼關係。但是不是一個問題只能對應著一個標準答案呢？每個問題都去找一個標準答案，這種思維方式其實把我們思考的空間縮小了。吃茶未必就與禪無關。答非所問也未必不是回答。

生活裡的問題和答案往往不是一對一的關係。

我們再回過頭來看這首詩，詩人問了半天，到了最後什麼都沒得到，他甚至連提出自己心裡真正問題的機會都沒有。可是他真的什麼都沒得到嗎？眼前的這個童子真的沒有在無意中指示他答案嗎？

「只在此山中，雲深不知處。」他其實告訴你答案了。他告訴你不要去找那個隱士，他告訴你隱士那裡沒有對你問題的指導和回應。他告訴你什麼？他說你看看那座山，你看看天，你看看雲，這就是答案了。

他告訴你，天是藍的。它每天都在很誠實地藍著。

—光落在青苔上—

我們來看王維的這首《鹿柴》：

空山不見人，但聞人語響。
返景入深林，復照青苔上。

王維在藍田縣輞川有一處別業，周圍有很多可以遊覽的景點，有一段時間他把好朋友裴迪叫過去，兩個人在每一處景點各寫了一首五言絕句，一個人寫了二十首，一共四十首，最後結集成為《輞川集》。《鹿柴》就是其中的一首。

這首詩在講什麼呢？其實是在講聲音，在講光，在講一瞬間的印象。所以蘇軾說王維詩歌的特點是「味摩詰之詩，詩中有畫；觀摩詰之畫，畫中有詩」。王維的這首《鹿柴》就好像是印象派的繪畫，裡面閃動著光與影。

王維很喜歡寫空山，比方說「空山新雨後，天氣晚來秋」（《山居秋暝》）。比方說「人閒桂花落，夜靜春山空」（《鳥鳴澗》）。比方說「澗戶寂無人，紛紛開且落」（《辛夷塢》）。這首《鹿柴》也是在寫空山，「空山不見人，但聞人語響」，雖然看不到人，但是卻能聽到有人在說話，這裡面其實是有生機的。

詩人寫一個地方安靜，寫一個地方空，往往不是寫完全沒有聲音，而是通過聲音來寫靜。「獨憐幽草澗邊生，上有黃鸝深樹鳴。」（韋應物《滁州西澗》）能聽到鳥叫才顯得這個地方幽靜。「蟬噪林逾靜，鳥鳴山更幽。」（王籍《入若耶溪》）

「返景入深林，復照青苔上。」「返景」就是夕陽在青苔上的反光。王維捕捉了那一瞬間的反光。

王維在說什麼呢？王維在說人生是變化的，光影在一瞬間就消失了，你稍不留心，它就從你的生命當中溜走了。可是他也在告訴你，你可以捕捉到那一瞬間，你可以聽到那一瞬間的聲音，你可以看到那一瞬間的光。

很多時候就是這樣，我們不去關注的話，今天過去了，明天過去了，最後我們的生命成了一張白紙。

但是你也可以在某個時刻進入自然。在這樣一個瞬間，王維成了自然的一部分，在這樣一個瞬間，自然也構成了王維的生命本身。這是一個超越性的瞬間，詩人從俗世中超越出來。他聽到遠處人語的聲響，他看到光落在青苔上。

一生命是一場空嗎一

我們來看這首德誠和尚寫的《船子和尚偈》，他在講自己晚上釣魚的事：

千尺絲綸直下垂，一波才動萬波隨。
夜靜水寒魚不食，滿船空載月明歸。

「千尺絲綸直下垂」，「絲綸」就是釣魚的線。「一波才動萬波隨」，中間稍微有一點動靜，水上的波紋就一圈一圈蕩漾開了。「夜靜水寒魚不食」，釣了一晚上，沒有魚上鉤。「滿船空載月明歸」，最後回去了，回去了有什麼呢？什麼都沒有，帶了一船月光回家了。

什麼叫「千尺絲綸直下垂，一波才動萬波隨」？他寫的不是釣魚的釣線，他寫的是我們和這個世界的關係，很多時候是一種索取的關係。波是什麼？波是我們心裡的狀態，稍微有一點動靜，魚好像要上鉤了，情緒就波動了，整個蕩漾開了。等了很久還沒有魚上鉤的時候，我們的心思也會動。當我們想要從這個世界獲得什麼東西的時候，哪怕有一點點跡象，有一點點聲音，我們心裡都不會平靜。

可是「夜寒水靜魚不食，滿船空載月明歸」。你說他有收穫嗎？沒有，沒有魚，什麼都沒有，整個是空的，他就是在講人生的空。

中國文學最喜歡講的就是空、虛無、無意義。《紅樓夢》講「空」講得最徹底。賈家一開始那麼繁盛，鮮花著錦，烈火烹油。最後全敗落了，「好一似食盡鳥投林，落了片白茫茫大地真乾淨」。《三國演義》也是，「是非成敗轉頭空。青山依舊在，幾度夕陽紅」。「古今多少事，都付笑談中」。再比方說《桃花扇》，「眼看他起高樓，眼看他宴賓客，眼看他樓塌了」。還有明代的《浣紗記》，「看滿目興亡真慘淒，笑吳是何人越是誰？」我們之前講懷古詩的時候也講過很多和空有關的詩，「只今唯有鷓鴣飛」、「只今唯有西江月」……世事好像一場大夢，繁華轉眼成空。

「滿船空載月明歸」，我們每個人在這個世界上轉了一圈，到最後死亡把一切都清零了，你說人生有什麼意義呢？人活著有什麼價值呢？哪怕你打到了魚，也可能會被吃光，最後也什麼都沒有了，更何況你又沒有打到魚。

可是正是因為你沒有打到魚，正是因為船裡面的魚桶是空的，你才有機會帶著一船的月光回去呀。

我們在這個世界上就是這樣，空空地來，最後也空空地去，沒有什麼東西可以帶走。你說既然是這樣的話，那生命不是無意義嗎？可是這首詩告訴你，當我們放棄索取，當我們放棄掠奪，我們的生命仍然是有意義的，仍然是圓滿的。我們可以擁有滿船的月光。

黃庭堅有一句詩我很喜歡：「滿船明月從此去，本是江湖寂寞人。」（《到官歸志浩然二絕句》）

我們擁有了一船的月光，難道不是很富足嗎？

人生的價值是什麼？就是我們可以隨時停下來，去看看天空，我們可以隨時停下來，去看看頭頂的月亮。在這樣的時刻，我們可以感受到美，而感受美是不需要我們付出任何代價的。

人生的價值不是說我要去索取什麼。即便釣到魚，最後也可能會失去。可是我們可以停下來，可以按下暫停鍵。我們抬頭看看天，天每天都在很誠實地藍著，它沒有欺騙過任何人。

—兩個打魚的故事—

我要講另外一個和打魚有關的故事。陶淵明的《桃花源記》裡寫了一個漁夫，他沒有預先規劃過要去一個桃花源，可是他在無意中進入了另外一個世界，那裡「芳草鮮美，落英繽紛」。那是生命的另一種境界。

但是他出來之後想到的是什麼呢？他想我要把這個地方記下來，於是他「處處志之」，然後「及郡下，詣太守，說如此」。他要用桃花源去換錢，去換名換利，去換自己生存的資本。一旦想要去索取的時候，你發現他再也找不到桃花源了。

《列子》中講了一個寓言，一個小孩和海鷗玩得很好，他一到沙灘上那些鳥就會落在他身邊。有一天他父親對他說，你不是和鳥玩得好嗎，你去抓兩隻鳥回來吧。於是這個孩子就帶著這個想法出去了。結果那些海鷗看到他，不再落到他身邊了。當人一旦有了機心，鳥就不再和你親近了。

《桃花源記》裡其實講了兩條不同的路，一條是漁人之路，一條是問津者之路。第一條路是一條活路，第二條路是一條死路。當一個人不帶任何的目的來欣賞這個世界的時候，他可能會進入到一個芳草鮮美、落英繽紛的境界。而一旦有了功利的目的，反而找不到路了。

陶淵明說「采菊東籬下，悠然見南山」。這兩句詩本身就是桃花源的境界。陶淵明在某個不經意的時刻進入了自己生命當中的桃花源。在這樣一個無意的瞬間，他欣賞到了美。

我要講的第二個和打魚有關的故事是海明威寫的《老人與海》。聖地牙哥老人已經八十四天沒有打到魚了。他又去出海，好不容易打到一條大馬林魚，覺得終於有收穫了，可是最後是空的。回來的途中老人遇到了一群鯊魚，他不斷地跟鯊魚搏鬥，雖然最後勝利了，可是剩下的是什麼呢？是一個空空的魚骨架。他晚上回去做了一個夢，在夢裡面他夢見了獅子。

我們大概可以看到一點西方現代文學和中國古典文學的不同。海明威在《老人與海》裡強調的是什麼？人生可能到最後是一場空，但是在這個過程中，你可以被消滅，卻不可以被打敗。你可以通過不斷地戰鬥來確證自己的價值，來確證自己的存在，來確證人的尊嚴。

可是我們回到中國的古詩裡，「滿船空載月明歸」，我們其實不需要去證明什麼，不需要在自然面前表現人是多麼地有力量，我們可以只是靜靜地坐在那裡，看一看天上的月光。月光是美的。這就夠了。

一自然的回答一

我們這一講的題目是——叩問與迴響。我們人生中會有很多的問題，可是當我們帶著這些問題走向自然的時候，自然不會給我們明確的解答，自然永遠是沉默的。

這可能就是卡繆荒誕哲學的觀點。什麼是荒誕呢？「卡繆認為，荒誕並不產生於對某種事實或印象的考察確認，而是產生於人和世界的關係，這種關係是一種分裂和對立。一方面是人類對於清晰、明確和同一的追求，另一方面是世界的模糊、矛盾和雜多，也就是說，對於人類追求絕對可靠的認識的強烈願望，世界報以不可理喻的、神祕的沉默，兩者處於永恆的對立狀態，而荒誕正是這種對立狀態的產物。」（郭宏安〈西緒福斯神話〉：荒誕・反抗・幸福》）

但是回到中國古典詩歌的語境裡，我想我們會得到不一樣的啟示。當我們去叩問的時候，當我們帶著自己的問題來到自然面前的時候，我們是得不到答案的。我們大概只能聽見自己的聲音在山谷當中迴蕩，我們只能聽見自己的問題在一遍一遍地重複。可是這個問題本身就是答案，不是嗎？

自然並沒有回答我們，可是自然的確在回答我們。自然告訴我們，生命是美的，同時它讓我們聽一聽自己的聲音。

我們在繁雜喧囂熱鬧的世界裡，每天會聽到很多種不同的聲音，可是有沒有一個時刻，我們可以安靜下來，聽一聽自己的聲音？自然也許在提示我們，是時候找回自己了。可能這就是我們所有問題的最終答案。

你看起來它沒有回答，可是它已經回答了。

第十二講
孤獨與永恆

我們這一講只談一首詩，《春江花月夜》。聞一多說《春江花月夜》是「詩中的詩」，「頂峰上的頂峰」（《宮體詩的自贖》）。我同意聞先生的判斷。按照一般的文學史的講法，《春江花月夜》都是放在前面講，因為它產生的年代比較早。然後才是王維、孟浩然，才是李白、杜甫，才是李商隱。可是我們把順序顛倒過來。我們這一次唐詩的旅途最後才來到《春江花月夜》這裡。王闓運說《春江花月夜》「孤篇橫絕，竟為大家」（《湘綺樓論唐詩》）。最後講這首詩，好像更能凸顯它的意義。這首詩的容量很大，放在最後，也是對我們前面講過的許多詩歌的問題做一個回顧和總結。

我們對張若虛的生平並不清楚。他好像是為這首詩而生的。我們只需要瞭解他是《春江花月夜》的作者就可以了。一個詩人，並不是憑寫詩的數量取勝。不是說寫得愈多就愈重要，愈偉大。一個人一輩子能寫好一個句子，我覺得就很了不起了。

春江花月夜（張若虛）

春江潮水連海平，海上明月共潮生。
灩灩隨波千萬里，何處春江無月明。
江流宛轉繞芳甸，月照花林皆似霰。
空裡流霜不覺飛，汀上白沙看不見。
江天一色無纖塵，皎皎空中孤月輪。
江畔何人初見月？江月何年初照人？
人生代代無窮已，江月年年望相似。
不知江月待何人，但見長江送流水。
白雲一片去悠悠，青楓浦上不勝愁。
誰家今夜扁舟子？何處相思明月樓？
可憐樓上月徘徊，應照離人妝鏡臺。
玉戶簾中卷不去，擣衣砧上拂還來。
此時相望不相聞，願逐月華流照君。
鴻雁長飛光不度，魚龍潛躍水成文。

昨夜閒潭夢落花，可憐春半不還家。
江水流春去欲盡，江潭落月復西斜。
斜月沉沉藏海霧，碣石瀟湘無限路。
不知乘月幾人歸，落月搖情滿江樹。

—江水流向大海—

齊梁、陳隋，包括唐初，主流的詩歌是宮體詩，很豔麗，但是很頹靡，詩的語言完全墮落下去，沒有絲毫的力量可言。陳子昂說「漢魏風骨，晉宋莫傳……而興寄都絕」（《與東方左史虯修竹篇序》）。張若虛其實很容易會受到宮體詩的影響，會落到那個浮華的風格裡去。

我們不要小看傳統的力量。有的詩人甚至用一生的時間在和從前的傳統做鬥爭。很多詩人到最後也無法抵抗傳統那個強大的力量，寫到最後還是沒有找到自己的聲音。我們前面講過傷春悲秋的傳統。到了暮春，到了深秋，詩人筆下的意象可能就那麼多了，情感的類型就那麼多了。所以寫著寫著，這個語言的器皿變得很精緻，一代一代的人把它愈做愈精緻，可是它的容量始終是那麼大。許多情感從這個容器裡溢出來，最後無處容納了。所以到了「五四」，會有文學革命，要更新語言系統，要有新的語言形式出現。

很幸運的是，張若虛的這首《春江花月夜》沒有沾上宮體詩的氣息。他沒有寫那種很纖細脆弱的美。在張若虛這裡，我們看到了一個美麗的，但同時很闊大的世界。

詩的第一句，「春江潮水連海平」，他把江和海聯繫了起來，江通向了海，空間一下子擴大了。其實這首詩如果僅僅停留在前兩節，也沒什麼問題。該寫的都寫完了嘛。春天，夜晚，江水，花林，月光。作為一首題為《春江花月夜》的詩歌，它已經完成了自己的任務。但如果僅僅是停在這裡，這首詩還只能算是一個二流的作品。

我想前面兩節其實是在做準備。他寫了一個闊大的，但同時很純淨的世界。「空裡流霜不覺飛，汀上白沙看不見。」你眼前白茫茫一片，月光照進每一個角落。一個纖塵不染的世界，一個安靜的世界。

我們讀完前兩節，你會發現在這些文字裡，所有的聲音都消失了，很安靜。所有的準備都做好了，好像這一切都是為了詩人和月亮的相遇，為了一個更偉大問題的提出。

第一句裡，詩人把江和海聯繫在了一起，到了後面，他把一個人和整個人類聯繫了起來，他把自己放在了人類的序列中，他讓自己站進了歷史的河流。

一如果孤獨是必然一

這一講的題目是「孤獨與永恆」。孤獨其實是人生的常態。最大的孤獨是什麼呢？就是當我們面對著永恆的自然、不朽的宇宙的時候，我們會感受到自己的渺小，我們會感受到死亡的迫近，我們會獲得一種終將逝去的悲哀。

張若虛說「江畔何人初見月」，第一個見到月亮的人是誰呢？「江月何年初照人」，而月亮又在什麼時候照見了第一個人呢？第一個問題問的是人類的起源，第二個問題問的是宇宙的起源。這裡面其實有一種茫然。當然更多的是失落。

「人生代代無窮已，江月年年望相似。不知江月待何人，但見長江送流水。」張若虛的失落不是一個人的問題，他在自然面前感受到的孤獨是屬於人類整體的孤獨。這種孤獨感有一個龐大的譜系。在他之前，在他之後，這種孤獨和焦慮困擾著一代又一代的人。

我們在第二講裡講到懷古詩的時候，我們分析了很多意象，比如說鳥，比如說草木，比如說月亮。這些意象構成了永恆的自然。自然永遠在那裡，它就像一個參照系，而每一個具體的個人在面對自然宇宙的時候，都會感到茫然。「年年歲歲花相似，歲歲年年人不同。」（劉希夷《代悲白頭翁》）「今人不見古時月，今月曾經照古人。」（李白《把酒問月·故人賈淳令予問之》）「自是人生長恨水長東。」（李煜《相見歡·林花謝了春紅》）「哀吾生之須臾，羨長江之無窮。」（蘇軾《前赤壁賦》）

每一個個體都是有限的。如果個體注定要被時間遺忘，那麼個體存在的意義是什麼呢？江月是不是有一個明確等待的人，而在這個人面前，時間也會為之停留呢？

張若虛用的是「不知」。問題好像得不到回答。他只能看到奔流不息的江水，那是不會停下的時間的河流。

一我願意化作月光一

接下來張若虛開始寫很具體的孤獨。

「白雲一片去悠悠，青楓浦上不勝愁。誰家今夜扁舟子？何處相思明月樓？」這裡是一個對稱的結構。「白雲」對應著「扁舟子」，「青楓浦」對應著「明月樓」。他寫一對分居兩地，但彼此思念的戀人。詩人用的是「誰家」，用的是「何處」。他寫的既是一對具體的戀人，也是一個普遍的狀況。

為什麼選擇的是這樣一對戀人呢？因為天底下漂泊著的遊子太多了，在月光下無法入睡的女孩子也太多了。而這兩種人恰好和今晚的月色、江水兩種意象有關。王堯衢說：「於代代無窮、乘月望月之人之內，摘出扁舟遊子、樓上離人兩種，以描情事。『樓上』宜『月』，『扁舟』在江，此兩種人，於春江花月夜最獨關情。」(《古唐詩合解》)

下面張若虛從哪裡寫起呢？他從這個女孩子寫起。「可憐樓上月徘徊，應照離人妝鏡臺。」這種在高樓上、在月光中相思的女性形象很常見，比如曹植的《七哀詩》：「明月照高樓，流光正徘徊。上有愁思婦，悲歎有餘哀。」

這個女孩子晚上一個人在樓上，睡不著。月光好像刻意照在她不想看到的東西上。「可憐樓上月徘徊，應照離人妝鏡臺。」為什麼照的是妝鏡臺呢？為什麼照的是擣衣砧呢？為什麼照的不是別的東西？

因為這些都是和他有關係的事物。

妝鏡臺上可能已經落灰了，很長時間沒有打扮過了。為什麼？因為他不在了，自己就失去了裝飾的心情。古人講「女為悅己者容」。《詩經》裡有一首《衛風・伯兮》：「自伯之東，首如飛蓬。豈無膏沐，誰適為容。」自從丈夫去打仗之後，在家的妻子就無心打扮了。裝扮之後，又能給誰看呢？為什麼照的是擣衣砧呢？古代有一些布料比較硬，所以要先擣過之後才可以剪裁。已經很久沒有用過擣衣砧了吧。現在都不知道心裡思念的這個人在什麼地方，做了衣服又能寄到哪裡去呢？

月光一照進來，每一個角落都照到了，可是每一個角落裡面都是和他有關的回憶。在這樣一個空間裡，月光捲不去，拂還來。她只能困在月光裡，困在自己的思念裡，逃不出去。

接下來，「此時相望不相聞」，此時相望，就意味著我在看，你也在看。我們在講《黃昏與月光》的時候講過了，月亮在很多的時候和思念有關，它像是一座橋，連接著不能相見的雙方。「隔千里兮共明月」，「海上生明月，天涯共此時」，「千里共嬋娟」……

「此時相望不相聞，願逐月華流照君。」這是我最喜歡的一句。此時我們共同望著月亮，卻見不到彼此，怎麼辦呢？那就讓我就化作一片月光吧。前面講過「何處春江無月明」，月光可以照到每一個角落，這樣一來，你不論在哪裡，我都可以在你的身邊。

我再舉幾首類似的詩，比如沈如筠的《閨怨二首・其一》：

雁盡書難寄，愁多夢不成。
願隨孤月影，流照伏波營。

伏波營指的是軍營。這裡是一個思婦的心情，丈夫在外從軍，她願意像月光一樣照到丈夫所在的軍營。

還有李咸用的《自君之出矣》：

自君之出矣，鸞鏡空塵生。
思君如明月，明月逐君行。

一春天要結束了一

接下來，轉到男性的身上。「昨夜閒潭夢落花，可憐春半不還家。」這一節有人認為還是在寫女性，寫女孩子做的夢。落花嘛，古詩詞中提到落花，往往和女性有關。「傷彼蕙蘭花，含英揚光輝。過時而不采，將隨秋草萎。」（《冉冉孤生竹》）「一朝春盡紅顏老，花落人亡兩不知。」（《葬花吟》）「最是人間留不住，朱顏辭鏡花辭樹。」（王國維《蝶戀花・閱盡天涯離別苦》）花枯萎了，容顏也衰老了，青春也隨之逝去了。

但是我更傾向於詩人在轉韻的時候換了一個視角，這樣詩的內部顯得平衡一些。前面寫「誰家今夜扁舟子，何處相思明月樓」，後面如果只是寫明月樓，結構上失去了一種對稱性。

「昨夜閒潭夢落花，可憐春半不還家。」這裡寫這個扁舟子夢到落花，也會有感於自己青春的逝去。男性對落花同樣也很敏感。孟浩然的《春曉》我們從小背得很熟，這首小詩其實有很沉重的悲哀。「春眠不覺曉，處處聞啼鳥。夜來風雨聲，花落知多少。」春天的早上，聽到鳥叫才醒來。為什麼呢？昨天晚上失眠。為什麼會失眠？因為外面風雨大作，即便詩人沒有親眼看見，也知道一夜風吹雨打之後，花就都落了。為什麼花落會讓人失眠？因為會對應到自己的生命，會想到人也是這樣，「流光容易把人拋」。

兩個正值青春年華的人相愛，是很美好的事情。可是張若虛在這裡講「可憐春半不還家」，愛情在現實中無法圓滿。當然這裡的遊子也會感到焦慮，「江水流春去欲盡」，他知道又一個春天要結束了，他又錯過了她的一個春天。

一個人的獨角戲

到了最後，「斜月沉沉藏海霧，碣石瀟湘無限路。不知乘月幾人歸，落月搖情滿江樹」。詩人不再去寫明月樓了，不再去寫扁舟子，視角轉回來，轉回到眼前的落月，轉回到自己。他想天底下在外漂泊的遊子，大概有不少人在這個晚上睡不著。有多少人看著天上的月亮，然後踏上了回家的路呢？

我想特別講一個詞，「搖情」。什麼叫作搖情呢？月亮落下去，然後月光和月光裡的情一起，灑滿江邊的樹。這個情是什麼情呢？

我想月光裡應該有那個在樓上的女孩子的情。「此時相望不相聞，願逐月華流照君」，月光裡有她的期待。當她抬起頭看月亮的時候，她希望自己可以化作月光，可以照著他走過的路。

但是我想提醒你，其實這個女孩子的行動、心情，是出於另外一個人的想像。

王堯衢說：「『可憐樓上月徘徊，應照離人妝鏡臺。玉戶簾中卷不去，擣衣砧上拂還來。』此從月下言閨情，從扁舟子意想出。『可憐』是客子意中可憐也。『離人』，客子謂其婦也。『應』是遙度之詞。」（《古唐詩合解》）

王堯衢的分析很精采。詩人寫到這個女孩子在樓上的種種情況，其實都是用另外一個人的視角——扁舟子的視角在寫的。像王堯衢說的，很多字眼都在提示我們，這些其實是扁舟子的想像。「可憐」是他心裡覺得可憐，「應」

是他覺得可能是這樣。這個女孩子想要「願逐月華流照君」，我想其實也只是扁舟子心裡的期待。

就像杜甫在《月夜》裡寫「今夜鄜州月，閨中只獨看」的時候，其實妻子在這個時候不一定真的站在月光下面，只是杜甫的心思跑到妻子那裡去了，於是詩從對面飛來，不是寫自己思念，而是寫妻子站在院子裡望月。所以這裡的情，其實是一個有情的人，想像另外一個人的有情。

英國詩人W．H．奧登（W. H. Auden）有一句很好的詩：「倘若愛不可能有對等，願我是愛得更多的那人。」（馬鳴謙、蔡海燕譯）

但是我想理解到這裡好像還不太夠。

其實你會感到奇怪，為什麼詩人要寫這樣一對戀人呢？為什麼要寫「誰家今夜扁舟子」，要寫「何處相思明月樓」呢？我們前面雖然解釋過，這兩個人可以和江、月兩種意象配合起來，而且分隔兩地不能相見的戀人在天底下很普遍。但我覺得這個解釋還不夠。

一個人寫作的動機，往往不是來自於外部，而是來自於自身。

其實我們會發現，你看起來張若虛寫的是別人，但其實他寫的是自己。你看起來他好像寫了一種普遍的情況，但是我們可以在很細微的地方辨析出詩人自己的聲音。他把自己的生命經驗寫進了看似與自己無關的情境裡。

還是唐汝詢看得比較準確。他說這首詩是詩人自己「望月而思家也」，「又睹孤雲之飛而想今夕，有乘扁舟為客者，有登樓而傷別者，己與家室是也。」（《唐詩解》）

這個扁舟子身上有著詩人自己的影子。

我們會發現，這首詩其實是一個嵌套結構，一個現實的情境嵌套著一個虛擬的情境。在虛擬的情境裡，詩人寫了一對戀人彼此思念，寫了一個扁舟子的想像和惆悵。在現實情境裡，是詩人在江邊望月。而「斜月沉沉藏海霧，碣石瀟湘無限路」這一句，很好地把虛擬情境和現實情境縫合在了一起。

「斜月沉沉藏海霧」是回應一開始的「海上明月共潮生」，現在月亮落下去了。「碣石瀟湘無限路」，詩人感歎這對戀人相隔很遠，一個在南邊，一個在北邊，中間的距離好像永遠也無法跨越。

「無限」，寫的是一種心理上的感覺。因為不知道什麼時候可以啟程。一旦踏上了歸途，距離就會一點一點縮短，就不是「無限」了。可是「君問歸期未有期」，可是「何處是歸程」，可是「明年誰此憑闌干」，可是「無端更渡桑乾水」……所以只能是「無限」。

「無限」兩個字，也是詩人自己的感受。

在這首詩裡，扁舟子的形象和詩人自己是重合在一起的。其實他們本來就是一個人。

所以，「落月搖情滿江樹」，是那個想要化身月光的女孩子的情，是扁舟子想像對方想要化身月光的情，但說到底，是張若虛自己的情，是他的思念和落寞。

這首詩，其實從頭到尾都是張若虛的獨角戲。

在這首詩的結尾，張若虛是惆悵的。他說「不知乘月幾人歸」，意思是，不知道有多少今晚看見月亮的遊子可以趕回家去呢？這裡有對那些乘月而歸的人的羨慕，但其實也是一聲歎息。因為自己可能回不去，而天底下還有許多和自己一樣回不去的人。

當然了，「落月搖情滿江樹」，這裡的情，不只是思念，不只是自己在旅途中漂泊而且無法回家的哀傷，還有他前面面對一輪圓月而產生的孤獨，那種屬於人類的大孤獨。

這首詩最後就停在淡淡的傷感這裡了。張若虛自己也停在這裡了。一個和哀傷有關的月夜結束了，一首詩也結束了。

—愛是永不止息—

但其實張若虛自己都沒有意識到，當他完成這首詩的時候，他其實已經在回答他自己的困惑和疑問了。

《春江花月夜》裡寫了兩種孤獨。第一種是整個人類的孤獨。有限的個體面對無限的宇宙，感受到生存的孤獨。第二種是具體的孤獨，相戀的人因為種種原因無法相見，天涯兩隔，彼此思念。

後一種孤獨其實是對前一種孤獨的回答。

後一種講的是什麼？講的是思念，講的是愛而不得。可是你會發現，思念本身並不孤獨，因為思念本身就是對思念最大的安慰。

你還可以愛著一個人，你還可以思念著一個人，你就不能說你在這個世界上是孤獨的。

後一種孤獨恰恰是對人類面對宇宙時的孤獨的回答：人生雖然是短暫的，但是愛卻可以克服死亡、超越時間。時間並不能抹去愛的痕跡。愛是永恆的。

「落月搖情」，最後當月亮落下去的時候，情顯現出來，人作為個體的價值顯現出來。月亮是無情的，但望月的人有情。情雖然是附著在月光上面的，可是重要的不是那個月亮。重要的是什麼？是情。

是有情的人成就了這個無情的宇宙。

這個世界上真正的永恆之物是什麼？其實不是謝了又開的花，不是枯了又茂盛的草，不是去了又來的燕子，不是缺了又圓的月亮，不是浩蕩的江水，也不是冷峻的青山。這個世界上真正的永恆之物是愛。

當你看月亮的時候，它才有了意義。

其實張若虛自己大概都沒有想到，自己無意中開啟了生命祕密的機關。這首詩裡有兩個「不知」的句式，第一個是「不知江月待何人」，後面又寫到一個「不知」，「不知乘月幾人歸」，而後一個不知恰恰是對第一個不知的回答。

江月等待的是誰呢？江月等待的就是乘月而歸的人，就是有情的人，就是在某個夜晚抬頭望月的人，就是即便因為種種現實因素的阻隔無法回去也依然保有思念的人。

江月等待的是誰呢？江月等待的其實是你。當你有一個晚上輾轉反側，不能入睡，你抬起頭來望著夜空中的月亮，它等待的就是你。當你抬頭看它的時候，它具有了意義。當你抬頭看它的時候，你把你的愛，把你的思念投射在了無情之物上面，才成就了它的永恆。

一代一代的人過去了，無數個在晚上抬起頭來看它的人，讓它變得愈發明亮。月亮是無數的人思念過、愛過的一個見證。它見證著人類的延續，它見證著愛這種能力在人類身上的延續。

它見證著永恆。

雖然「江月年年望相似」，但同時「人生代代無窮已」。

我們的唐詩之旅就要結束在這裡了。

我們這場旅途是從崔護的《題都城南莊》開始的。在第一講裡，我們講到了物是人非，講到了人生的無常，講到了不確定。可是我們從無常開始，最後結束於永恆。

人生的確有很多的不確定，可是我們還有確定的東西，我們還可以確定地思念，還可以確定愛著一個人。我想愛是人之為人的標誌，是我們存在於這個世界上最大的價值。

我們讀了很多唐詩，好像詩很少有快樂的。我們在詩裡面讀到遺憾，讀到悲傷，讀到悵惘。可是我想讀詩的意義在於，我們可以從詩裡面看見美，我們也可以從裡面學會什麼是愛，學會如何施與愛，學會如何感受愛。

「愛是永不止息。」

參考文獻

〔1〕（明）高棅編纂，汪宗尼校訂，葛景春，胡永傑點校．唐詩品匯〔M〕。北京：中華書局，2015。

〔2〕（清）沈德潛選注．唐詩別裁集〔M〕。上海：上海古籍出版社，2013。

〔3〕劉永濟編著．唐人絕句精華〔M〕。北京：人民文學出版社，2018。

〔4〕馬茂元選注．唐詩選〔M〕。上海：上海古籍出版社，2017。

〔5〕（清）蘅塘退士選，金性堯注．金性堯注唐詩三百首〔M〕。北京：北京聯合出版公司，2017。

〔6〕（清）蘅塘退士選，趙昌平解．唐詩三百首全解〔M〕。上海：復旦大

學出版社，2006。
〔7〕王步高主編．唐詩三百首匯評〔M〕。南京：鳳凰出版社，2017。
〔8〕陳伯海主編．唐詩匯評〔M〕。上海：上海古籍出版社，2015。
〔9〕劉學鍇．唐詩選注評鑒〔M〕。鄭州：中州古籍出版社，2019。
〔10〕葛兆光選注．唐詩選注〔M〕。北京：中華書局，2018。
〔11〕歐麗娟選注．唐詩選注〔M〕。北京：北京大學出版社，2021。
〔12〕俞平伯等．唐詩鑒賞辭典〔M〕。上海：上海辭書出版社，2020。
〔13〕聞一多．唐詩雜論〔M〕。北京：北京出版社，2014。
〔14〕林庚．唐詩綜論〔M〕。北京：商務印書館，2011。
〔15〕沈祖棻．唐人七絕詩淺釋〔M〕。西安：陝西師範大學出版社，2019。
〔16〕錢鍾書．管錐編〔M〕。北京：生活．讀書．新知三聯書店，2019。
〔17〕李澤厚．美的歷程〔M〕。北京：人民文學出版社，2021。
〔18〕李澤厚．華夏美學〔M〕。武漢：長江文藝出版社，2021。
〔19〕（美）宇文所安著，鄭學勤譯．追憶：中國古典文學中的往事再現〔M〕。

北京：生活·讀書·新知三聯書店，2004。
〔20〕駱玉明·美麗古典〔M〕。南京：江蘇鳳凰文藝出版社，2017。
〔21〕駱玉明·詩裡特別有禪〔M〕。杭州：浙江文藝出版社，2013。
〔22〕俞陛雲·詩境淺說〔M〕。北京：人民文學出版社，2018。
〔23〕施蟄存·唐詩百話〔M〕。上海：上海人民出版社，2019。
〔24〕葉嘉瑩·好詩共欣賞：陶淵明、杜甫、李商隱三家詩講錄〔M〕。北京：人民文學出版社，2020。
〔25〕繆鉞著，繆元朗編·詩詞散論〔M〕。北京：北京大學出版社，2018。
〔26〕（日）吉川幸次郎著，章培恒，駱玉明等譯·中國詩史〔M〕·上海：復旦大學出版社，2012。
〔27〕（日）川合康三著，趙偵宇，黃嘉欣譯·中國的詩學〔M〕。臺北：政大出版社，2021。
〔28〕（日）川合康三著，郭晏如譯·中國的戀歌：從《詩經》到李商隱〔M〕。上海：復旦大學出版社，2017。

〔29〕（日）松浦友久著，孫天武，鄭天剛譯·中國詩歌原理〔M〕。瀋陽：遼寧教育出版社，1990。

〔30〕（日）松浦友久著，陳植鍔，王曉平譯·唐詩語彙意象論〔M〕。北京：中華書局，1992。

〔31〕黃永武·中國詩學·設計篇〔M〕。北京：新世界出版社，2012。

〔32〕（美）劉若愚著，韓鐵椿，蔣小雯譯·中國詩學〔M〕。武漢：長江文藝出版社，1991。

〔33〕朱光潛·談美·談文學〔M〕。桂林：廣西師範大學出版社，2020。

〔34〕葛兆光·漢字的魔方：中國古典詩歌語言學箚記。上海：復旦大學出版社，2016。

〔35〕王立·中國古代文學十大主題——原型與流變〔M〕。瀋陽：遼寧教育出版社，1990。

〔36〕傅道彬·晚唐鐘聲：中國文學的原型批評〔M〕。北京：北京大學出版社，2007。

〔37〕孫紹振．月迷津渡：古典詩詞個案微觀分析〔M〕。上海：上海教育出版社，2015。

〔38〕歐麗娟．李商隱詩歌〔M〕。北京：北京大學出版社，2020。

〔39〕歐麗娟．歐麗娟品讀古詩詞〔M〕。北京：北京聯合出版公司，2020。

〔40〕歐麗娟．唐詩可以這樣讀：歐麗娟的唐詩公開課〔M〕。杭州：浙江人民出版社，2018。

〔41〕蔣勳．蔣勳說唐詩〔M〕。北京：中信出版社，2014。

〔42〕蒙曼．蒙曼：唐詩之美〔M〕。杭州：浙江人民出版社，2019。

〔43〕蒙曼．蒙曼品最美唐詩：人生五味〔M〕。杭州：浙江人民出版社，2018。

〔44〕（美）洪業著，曾祥波譯．杜甫：中國最偉大的詩人〔M〕。上海：上海古籍出版社，2020。

〔45〕蕭滌非選注，肖光乾，肖海川輯補．杜甫詩選注〔M〕。北京：人民文學出版社，2017。

〔46〕王先霈．中國古代詩學十五講〔M〕。北京：北京大學出版社，2007。
〔47〕陳如江．中國古典詩法舉要〔M〕。北京：人民文學出版社，2016。
〔48〕畢飛宇．小說課〔M〕。北京：人民文學出版社，2020。
〔49〕張文江．漁人之路和問津者之路〔M〕。上海：上海文藝出版社，2020。

國家圖書館出版品預行編目(CIP)資料

讀一遍就記得的唐詩課/高盛元著. -- 第一版. -- 臺北市：遠見天下文化出版股份有限公司, 2023.08
面； 公分. -- (文化文創；BCC036)

ISBN 978-626-355-359-0 (平裝)

831.4　　112012707

文化文創 BCC036

讀一遍就記得的唐詩課

作者 — 高盛元

總編輯 — 吳佩穎
責任編輯 — 張立雯
封面設計 — 謝佳穎
內頁排版 — 邵麗如

出版者 — 遠見天下文化出版股份有限公司
創辦人 — 高希均、王力行
遠見・天下文化 事業群榮譽董事長 — 高希均
遠見・天下文化 事業群董事長 — 王力行
天下文化社長 — 林天來
國際事務開發部兼版權中心總監 — 潘欣
法律顧問 — 理律法律事務所陳長文律師
著作權顧問 — 魏啟翔律師
社址 — 台北市104松江路93巷1號2樓
讀者服務專線 —（02）2662-0012 ｜傳真 —（02）2662-0007；2662-0009
電子郵件信箱 — cwpc@cwgv.com.tw
直接郵撥帳號 — 1326703-6號　遠見天下文化出版股份有限公司

製版廠 — 中原造像股份有限公司
印刷廠 — 中原造像股份有限公司
裝訂廠 — 中原造像股份有限公司
登記證 — 局版台業字第2517號
總經銷 — 大和書報圖書股份有限公司｜電話 — (02)8990-2588
出版日期 — 2023年8月31日第一版第1次印行

定價 — NT450元
ISBN — 978-626-355-359-0
EISBN — 9786263553682（EPUB）；9786263553699（PDF）
書號 — BCC036
天下文化官網 — bookzone.cwgv.com.tw

天下·文化
BELIEVE IN READING